'S ann à Eilean Cholbhasa a tha Mòrag Law ach chaidh a togail anns an Eilean Sgitheanach agus ann an Dùn Omhain. Ged a tha Gàidhlig aice bho thùs, cha do thòisich i ri sgrìobhadh innte gus an d' fhuair i teisteanasan Gàidhlig aig Àrd Ìre mar inbheach. Choisinn i *Duais nan Sgrìobhadairean Ùra* (Comhairle nan Leabhraichean/Scottish Book Trust) ann an 2017 far an d' fhuair i meantorachd bho Mhàrtainn Mac An t-Saoir.

Dheasaich agus dh'eadar-theangaich i cruinneachadh de sgrìobhaidhean a màthar airson an leabhar dà-chànanach *Dìleab Cholbhasach/A Colonsay Legacy* (Acair, 2013). Tha artaigilean, sgeulachdan agus neo-ficsean aithriseil aice air nochdadh anns na h-irisean *Cothrom agus Steall*, *Northwords Now/Tuath*, am podcast *A' Chrannag* agus anns na cruinneachaidhean *Nourish/ Beathachadh* (Scottish Book Trust, 2017) agus *New Writing*, vol 9 (Scottish Book Trust, 2018).

Tha ùidh shònraichte aice ann a bhith a' cruthachadh sgrìobhadh a bhios freagarrach is fosgailte do luchd-ionnsachaidh na Gàidhlig.

Cuibhle an Fhortain

MÒRAG LAW

Luath Press Limited
EDINBURGH
www.luath.co.uk

A' chiad chlò 2019

ISBN: 978-1-913025-31-1

Gach còir glèidhte. Tha còraichean an sgrìobhaiche mar ùghdar fo Achd Chòraichean, Dealbhachaidh agus Stèidh 1988 dearbhte.

Chuidich Comhairle nan Leabhraichean am foillsichear le cosgaisean an leabhair seo.

Chaidh am pàipear a tha air a chleachdadh anns an leabhar seo a dhèanamh ann an dòighean coibhneil dhan àrainneachd, a-mach à coilltean ath-nuadhachail.

Air a chlò-bhualadh 's air a cheangal le Bell & Bain Earr., Glaschu.

Air a chur ann an clò Sabon 11 le Main Point Books, Dùn Èideann.

© Mòrag Law 2019

Do na 'balaich bheaga' – Alexander, Finlay agus Coll

Clàr-innse

	Ro-ràdh	9
1	Cuibhle an Fhortain	11
2	Acras	20
3	Seudan na Mara	29
4	Eadar Humpty Doo is Jabiru	36
5	Mìosachan	43
6	Madainn Mhath	46
7	Ag innse na Fìrinn	52
8	Còraichean Bhoireannach	61
9	Reòiteag Ghorm	68
10	Bean na Bainnse	78
11	An Cridhe Falamh	89
12	Comharraidhean Earraich	98
13	A' bruidhinn ri Strainnsearan	105
14	Aig Deireadh an t-Samhraidh	113

Ro-ràdh

THÒISICH MI AIR na sgeulachdan seo o chionn fhada agus tha mi air tòrr obrach a dhèanamh orra thairis air na bliadhnaichean. Chaidh a' chiad tè a sgrìobhadh ann an 2004 agus chuir mi crìoch air an tè mu dheireadh as t-earrach 2019. Bhon a' chiad dol a-mach, b' e luchd-ionnsachaidh na Gàidhlig (eadar-mheadhanach agus adhartach), deugairean, no fileantaich le sgilean leughaidh meadhanach a bha nam inntinn. Tha an stoidhle sìmplidh, siùbhlach agus dìreach agus tha mi an dòchas gum bi na sgeulachdan uile fosgailte do na leughadairean sin.

Tha mi taingeil airson a h-uile cuideachadh agus brosnachadh a fhuair mi bho Chomhairle nan Leabhraichean agus Urras Leabhraichean na h-Alba agus tha mi gu sònraichte taingeil airson comhairle bho Alison Lang, Mhàiri NicCumhais agus John Storey. Thug Màrtainn Mac an t-Saoir meantorachd dhomh mar phàirt de Dhuaisean nan Sgrìobhadairean Ùra, 2017 a bha air leth luachmhor. Bu toil leam taing a thoirt cuideachd do Gavin MacDougall aig Luath Press, agus do Joan Nicdhòmhnaill a rinn an deasachadh air na sgeulachdan le beachdan glice agus làmh choibhneil.

I

Cuibhle an Fhortain

DH'FHÀG PETE IS Mags ceann a deas Shasainn, ann am meadhan a' Chèitein. B' e madainn fhliuch, fhuar, ghruamach a bh' innte ach nuair a ràinig iad an t-eilean bha am feasgar ciùin agus blàth le oiteag bheag chùbhraidh a' sèideadh bhon iar. A' chiad oidhche ud, 's iad a' cur a' flat bhig os cionn an taighe-bìdh air dòigh, chuala iad guth na cuthaige, a' tighinn bho na coilltean fad air falbh air oir a' bhaile. Smaoinich iad gum b' e manadh dòchasach a bh' ann, a' toirt beannachd air am beatha ùr – ged a bha seann daoine na sgìre fhathast a' creidsinn gur e rud mì-shealbhach a bh' anns a' chuthaig.

Bha iad air a bhith còmhla o chionn fhada agus an dithis aca ag obair anns a' Bhaile Mhòr – Pete mar cheannard casino ainmeil agus Mags pàirt-ùine mar P.A. Thàinig iomadach buannachd phrìseil às an obair aca – taigh mòr eireachdail, saor-làithean thall-thairis, Porsche is 4x4, agus thar nam bliadhnaichean bha iad air tòrr airgid a shàbhaileadh no a chur an seilbh. Ach a dh'aindeoin gach buannachd is beannachd nam beatha b' e an rud a bu phrìseile buileach gun robh iad domhainn ann an gaol le chèile. Nuair a thill Pete dhachaigh anmoch bho thrainge agus ghleadhraich a' chasino bha e a' toirt sìth is sàmhchair dha anam a bhith còmhla ri Mags anns an taigh no an gàrradh aca fhèin. Nuair nach robh Mags ag obair anns a' Bhaile Mhòr bha i a' toirt seachad mòran ùine ri gàirnealaireachd no anns a' chidsin oir bha ùidh mhòr aice ann an còcaireachd, agus teisteanasan còcaireachd aice bho chionn fhada. Gu tric bhiodh caraidean a' tighinn a chèilidh orra, oir b' e daoine fialaidh, còir a bh' annta 's iad a' cumail taigh far an robh daonnan sonas agus aoigheachd.

Lean an dòigh-beatha thaitneach seo airson mòran bhliadhnaichean, ged a bha Pete fo imcheist uaireannan mun obair aig a' chasino. B' e duine smaoineachail a bh' ann agus bha e mothachail air an t-seòrsa dhuilgheadasan a bh' aig cuid a bha nan seasamh aig na bùird, a' cluich nan cairtean gun stad, no len sùilean glacte air a' chuibhle roulette. Ach bha e mothachail cuideachd air na dòighean agus na riaghailtean airson dèiligeadh ri daoine mar sin agus rè ùine bha e air ionnsachadh ciamar a b' urrainn dha na smuaintean an-fhoiseil seo a chur bhuaithe.

An uair sin, anns a' bhliadhna a bha Mags leth-cheud, thàinig atharrachadh mòr nam beatha nuair a fhuair iad a-mach gun robh aillse-broillich oirre. Gu clis, thòisich an leigheas grànda – an toiseach an cemo, a dh'fhàg i cho lag, cho ìosal agus cho tinn. Thuit a falt brèagha bàn a-mach agus bha seachdainean ann nuair nach b' urrainn dhi a ceann a thogail bhon chluasaig. Às dèidh a' chemo fhuair i gath-leigheas a bha, na dhòigh fhèin, a cheart cho dona.

Fhad 's a bha Mags a' strì leis an leigheas, bha Pete bochd a' fulang a h-uile pìos dheth còmhla rithe. Ged a rinn e a dhìcheall gus cùisean a dhèanamh na bu chofhurtail dhi aig an taigh, bha an t-uabhas ciont agus laigse air oir bha deagh fhios aige nach b' urrainn dha rud sam bith a dhèanamh airson an tinneas fhèin a thoirt air falbh. Thàinig e a-steach air gu làidir dè cho prìseil 's a bha gaol agus slàinte – fada na bu chudromaich na bhith ag obair aig a' chasino, far an robh na ceàrraichean bochda air an glacadh ann an saoghal gòrach, fuadain agus a' fulang le galar a chruthaich iad fhèin. Agus, an coimeas ri Mags bhochd, nach do smoc a-riamh agus nach òladh ach glè bheag! Dh'fhàs e feargach le dè cho mì-chothromach 's a bha e agus an uair sin, dh'fhàs e eagalach. Oidhche às dèidh oidhche laigh e na leabaidh, 's e a' strì leis na smuaintean uabhasach a thàinig gun chuireadh agus gun stad.

'Dè thachras ma bhàsaicheas i? Dè nì mì? Dè as fhiach mo bheatha às a h-aonais...?'

Cha b' e duine creidmheach a bh' ann idir. 'S fhada bho nach robh e ann an eaglais sam bith ach, aon oidhche, nuair a bha e a' strì leis na smuaintean dorcha seo, thòisich e ri ùrnaigh. Chaidh na faclan a-mach dhan an dorchadas 's gun fhios aige an robh neach sam bith ag èisteachd ris ann an doimhneachd na h-oidhche.

'A Dhè ghràsmhoir, an cuidich Thu Mags a' chùis a dhèanamh air a' ghalar a th' oirre oir tha an t-eagal ormsa gum bàsaich i... agus, a Dhè, ma dh'fhàsas i nas fheàrr, cuiridh mi m' obair aig a' chasino air mo chùlaibh agus tòisichidh sinn ar beatha às ùr, a' dèanamh obair eile air choireigin a bhitheas a' brosnachadh sonas, càirdeas agus ceartas an àite sannt, mì-shonas agus cruadal.'

'S iomadh oidhche a laigh e na dhùisg, ag ùrnaigh gus uairean beaga na maidne, fhathast gun fhios am faigheadh e freagairt.

Dh'fhuiling Mags a leigheas le neart agus earbsa, agus

mu dheireadh thall, thòisich piseach a' tighinn oirre. An toiseach bha an dithis aca car teagmhach mu dheidhinn ach gu mall, seachdain às dèidh seachdain, dh'fhàs i slàn, fallainn a-rithist. A-nis, bha Pete air a lìonadh le toileachas oir bha e a' faireachdainn gun robh a h-uile ùrnaigh èiginneach a rinn e air am freagairt. Thàinig e a-steach air a-rithist dè cho cudromach 's a bha slàinte agus gaol – rudan gun phrìs, nach robh co-cheangailte idir ri airgead, no beairteas, agus mhothaich e às ùr na truaghanan a bha a' frithealadh a' chasino agus a' fàs beò-ghlacte leis. Chuir e gràin mhòr air dè cho domhain 's a bha e fhèin air a bhith an sàs anns an obair seo agus thòisich e ri smaoineachadh na bu trice mun bhargan a rinn e na ùrnaighean, gus an là a chuir e roimhe obair gu tur eadar-dhealaichte fhaighinn.

An toiseach, b' e obair shaor-thoileach do charthannas a bha na inntinn ach thachair e air sanas gu sònraichte inntinneach air an eadar-lìon – taigh-bìdh beag agus flat os a chionn ri reic air eilean air costa an iar na h-Alba. B' e sanas glè tharraingeach a bh' ann, a' gabhail a-steach dealbhan brèagha de bheanntan àrda agus tràighean mìn-gheal gainmhich agus thòisich Pete ri meòrachadh air dè cho math 's a bhiodh e beatha ùr a chruthachadh dha fhèin is Mags ann an àite àlainn, sìtheachail, fìorghlan mar sin.

Ghluais cùisean gu math luath. Chaidh an dithis aca dhan eilean airson deireadh-sheachdain gus an t-àite fhaicinn agus bha iad air an dòigh leis. Bha an t-sìde àlainn agus muinntir an eilein càirdeil, cuideachail. Bha an taigh-bìdh ann an teas-meadhan baile beag àillidh, ri taobh an rathaid mhòir agus bha seallaidhean anabarrach bòidheach bho na h-uinneagan thairis air a' mhuir gu tìr-mòr. Rinn iad suas an inntinn sa bhad. As t-earrach, reic iad an taigh mòr, dh'fhàg

Pete an casino gun duilichinn agus ann am meadhan a' Chèitein, ràinig iad an t-eilean airson beatha ùr a thòiseachadh. Fad mìosan an t-samhraidh, dh'obraich iad gu cruaidh airson an taigh-bìdh a chur air dòigh. Thilg iad a-mach na deep-fat fryers a b' àbhaist a bhith sa chidsin agus chuir iad stòbhaichean gleansach ùra nan àite. Bha Mags gu sònraichte toilichte leotha oir bhiodh cothrom ann a-nis na sgilean còcaireachd aice a chur gu feum. Cha do dhìochuimhnich iad a' choimhearsnachd ionadail na bu mhotha oir b' e saor às an sgìre a rinn an àirneis ghrinn ùr, dealbhadair às a' bhaile bheag a rinn na dealbhan rìomhach a bha aca air na ballachan, agus bha an clàr-bìdh a' cur thairis le toradh an eilein, còmhla ri cofaidh, tì, siùcar is fìon *Fairtrade*.

Seachdain mus do dh'fhosgail iad thug iad cuireadh do mhuinntir a' bhaile airson buffet agus glainne fìon saor an-asgaidh agus b' e oidhche chàirdeil, thaitneach a bh' ann oir bha Pete is Mags ann an deagh shunnd gun robh na planaichean aca a' tighinn gu buil.

Ge-tà, bha duine no dithis an làthair an oidhche ud a bha caran teagmhach mun iomairt. Am measg na a bha a' moladh na h-àirneis ùire, na dealbhan brèagha 's an ceòl gasta Ceilteach air an sound system, bha cuid eile nach robh cho cinnteach, agus iad cleachdte ri daoine beairteach bhon cheann a deas a' tighinn dhan àite airson bliadhna no dhà 's an uair sin a' teicheadh. Co-dhiù, bha a h-uile duine a' smaoineachadh gum b' e daoine cianail laghach a bh' ann am Pete agus Mags agus mar sin, bha iad airidh air soirbheas.

Agus gun teagamh, b' e soirbheas a bh' ann. Bhon là a dh'fhosgail iad na dorsan dhan mhòr-shluagh, bha luchd-turais agus eileanaich a' dòrtadh a-steach gun stad. Anns a' chidsin bha Mags a' dèanamh nam mìorbhailean leis a' bhiadh mhath ionadail fhad 's a bha Pete na 'maître d'hôtel' aoigheil, càirdeil. Às dèidh mìos no dhà, nuair a fhuair iad a-mach gun robh buidheann charthannais airson leigheas-aillse anns an sgìre thòisich iad air oidhcheannan sònraichte a chur air dòigh far an robh na prothaidean uile a' dol dhan charthannas.

Bha Pete air a dhòigh glan leis a' bheatha ùir 's e a' faireachdainn mar phàirt de choimhearsnachd an eilein agus, aig an aon àm, gun robh e a' toirt rudeigin air ais dhi, dìreach mar a gheall e nuair a bha Mags cho bochd. Bha ise slàn agus làidir a-rithist, a' fàs na bu bhrèagha agus na bu tharraingich gach là agus bha an dithis aca cheart cho sona 's a bha iad anns na bliadhnaichean a chaidh seachad.

Chòrd an t-eilean fhèin riutha gu mòr cuideachd. Na beanntan àrda, na tràighean fada bàna, an t-sìth is an t-sàmhchair, gu h-àraidh as t-fhoghar no anns a' gheamhradh nuair a bha an gnìomhachas na bu shlaodaiche agus ùine aca a dhol a-mach airson chuairtean air feadh an àite. Chaidh trì bliadhnaichean soirbheachail seachad gus, mu dheireadh thall, a chuir iad romhpa pìos fearainn a cheannach airson taigh a thogail dhaibh fhèin, oir mar a bha Pete an-còmhnaidh ag ràdh, "S e pìos beag de Phàrras a th' anns an àite seo, 's tha mi airson fuireach ann gu bràth tuilleadh!'

Bha Pete a-nis thairis air trì fichead agus ged a bha an obair fhathast a' còrdadh ris, bha e a' smaoineachadh an taigh-bìdh a chur air a' mhargaidh a-rithist. B' e gnìomhachas gu math buidhneach a bh' ann a-nis agus mar sin cha robh e fhèin no Mags a' creidsinn gum biodh e duilich idir dhaibh a reic.

Ach cha b' ann mar sin a chaidh cùisean idir.

Ged a chùm iad orra le sanasachd tharraingeach fad bliadhna cha robh ùidh sheasmhach aig duine beò ann, 's e coltach nach robh an t-àm ceart – no 's dòcha an neach ceart – fhathast a' ruighinn. Chaidh na mìosan seachad agus an uair sin, aon oidhche, nuair a bha Pete a' sgioblachadh suas 's e na aonar, chunnaic e fear òg na sheasamh aig an doras, anns a' chiaradh. Fear òg, àrd, eireachdail.

'Am faod mi do chuideachadh?' dh'fhaighnich Pete dha.

'Chuala mi gun robh an t-àite seo ri reic – am faod mi tighinn a-steach is bruidhinn riut? Is mise Nicholas Laine ach 's e 'Nick' a bhios aca orm.' Sheall e air Pete le sùilean gleansach is fiamh-ghàire air.

'Tha mi airson rèiteach a dhèanamh leat oir chuala mi àiteigin gur e an seòrsa duine a th' annad a tha measail air barganan a dhèanamh. Is fìor thoil leam fhèin barganan cuideachd agus, co-dhiù, nach biodh e na b' fhèarr rèiteach ceart a bhith againn na a bhith ri ceàrrachas?'

Cha robh smuain aig Pete ach gum biodh cothrom ceart ann an taigh-bìdh a reic agus mar sin cha do smaoinich e fada mu na briathran caran neo-àbhaisteach sin. Gun dàil, thug e cuireadh do Nick a thighinn a choinneachadh ri Mags agus ann an ùine ghoirid bha e air innse dhaibh gun robh e ag iarraidh àite snog mar seo o chionn fhada. Bha airgead gu leòr aige agus bha e air a bhith an sàs ann an obair-aoigheachd bhon àm a dh'fhàg e an sgoil. Mar sin, bha a h-uile coltas ann gur e an dearbh dhuine airson an gnìomhachas a cheannach.

Cha robh Pete is Mags airson ùine sam bith a chall. Aig deireadh na seachdain, chaidh iad uile chun neach-lagha agus chaidh an taigh-bìdh a reic gun bacadh sam bith.

A-nis, bha ùidh mhòr, mhòr aig muinntir a' bhaile bhig ann an dè bha a' tachairt. Bha cabadaich is iomraidhean gu leòr a' dol mun cuairt nuair a chaidh an taigh-bìdh a reic cho clis mu dheireadh thall. Cha do ghluais Pete is Mags a-mach sa bhad oir thàinig Nick a dh'obair còmhla riutha airson treiseag 's e a' fàs cleachdte ris an obair agus an àite.

Às dèidh seachdain no dhà thuirt Pete ris gu coibhneil gum biodh e na b' fhèarr dha a bhith a' fuireach còmhla riutha an àite a bhith a' siubhal nam mìltean gach là bho thaobh an iar an eilein far an robh taigh aige air màl.

Mhothaich muinntir a' bhaile gun robh an triùir aca a' fàs gu math dlùth agus càirdeil ri chèile a-nis agus thuirt cuid gum b' e rud nàdarra snog a bha seo – nach robh Pete is Mags daonnan càirdeil agus cuideachail? Gu duilich, bha cuid eile ann nach robh cho cinnteach agus bha fiù 's duine no dhà a bha caran salach nan inntinn a chuir 'ménage à trois' air an t-suidheachadh.

Gu cinnteach, bha e na iongnadh nach robh Pete is Mags ann an cabhag am flat fhàgail. Chaidh na mìosan seachad agus bha Nick fhathast a' fuireach còmhla riutha – gus an là anns a' Chèitean nuair a dh'fhàs Pete cianail bochd leis a' chnatan mhòr. Bha e cho tinn 's gum b' fheudar dha a dhol dhan ospadal ionadail ach – an ceann seachdain – chaochail e.

Thàinig cùisean gu fuasgladh gu h-ealamh. Chan fhaca muinntir a' bhaile bhig a' bhan mhòr gheal a thàinig san dorchadas le ciste-laighe seileach na broinn, agus humanist celebrant. Chaidh Pete a thìodhlacadh gu prìobhaideach, àiteigin a-mach anns a' choille air oir a' bhaile bhig far an robh guth na cuthaige ri chluinntinn, fad air falbh.

An ath là nochd soidhne 'Ri Reic' ann an uinneag an taigh-bìdh agus cha robh sgeul air Nick agus Mags.

Agus, cho fad 's as aithne dhomh, tha an soidhne sin fhathast anns an uinneig mar rabhadh mu dè cho caochlaideach 's a tha an Dàn agus, gur dòcha nach eil e ciallach bargan sam bith, le neach sam bith, a dhèanamh.

2

Acras

DEIREADH AN ÒGMHIOS agus seisean mu dheireadh a' Chlub Sgrìobhaidh. Là a' phàrtaidh mhòir. Sràid shàmhach, gàrraidhean mòra, craobhan làn dhuilleagan. Flataichean ùra aig ceann na sràide.

Mu dhà uair feasgar thòisich càraichean a' ruighinn an taighe mhòir spaideil – a' fuireach ach mionaid no dhà is an uair sin a' falbh a-rithist. Thàinig daoine asta, is pocannan plastaig no bogsaichean *Tupperware* aig gach neach. Gliongadaich glainne.

Bha an gàrradh làn fhlùraichean iomadh-dhathte le faichean a' sìneadh a-nuas gu oir a' chladaich mar mhealbhaid uaine. Air a' phatio, bha bùird le sgàilean-grèine is cathraichean air an seatadh a-mach – fhathast falamh agus iad a' feitheamh.

Sheas Vivienne, an sgrìobhadair ainmeil, ri taobh an dorais-aghaidh fhosgailte 's i a' cur fàilte air a h-aoighean le gàire farsaing, gleansach. Pògan mòra is òrdughan modhail don a h-uile duine.

'Mwah, mwah!'

'Biadh air bòrd an t-seòmair-bìdh agus deoch anns a' chidsin, mas e ur toil e!'

Bha flùraichean mòra orains air an dreasa a bh' oirre 's i làn aoibhneis. Là a' phàrtaidh agus an t-sìde àlainn mar as àbhaist. Beannachd Dhè gu cinnteach, smaoinich i – blàth is brèagha is aodach aotrom flùranach air gach tè mar shluagh dhealan-dè. 'S e boireannaich sa chumantas a bh' annta cuideachd ged a bha Eanraig air ruighinn mu thràth – crùbach is greannach mar bu dual dha, deise shòbarra dhorch air is leabhrain na bàrdachd as ùire aige na phòcaid.
'Mwah, mwah!'
'Gu cinnteach, bidh cothrom ann an reic... mura h-eil neach sam bith ann nach do cheannaich iad mu thràth... agus... deoch air bòrd a' chidsin...'
Bha Chris air ruighinn ann am peitean beag snasail is brògan dearga air. Bogsa *Waitrose* làn caochladh càise aige.
'Mwah, mwah!'
'Oh! Nach iad a tha a' coimhead blasta!'
Phriob e a shùil rithe agus rinn e gluasad beag drabasta le chorragan.
'Oh, a ghràidh, is fìor thoil leam a bhith a' taghadh chàisean airson buffet – a' bruthadh a' Chamembert feuch a bheil e bog gu leòr...'
Anns an t-seòmar-bìdh bha am bòrd còmhdaichte le biadh de gach seòrsa. Basgaidean arain, bradan smocte, musganan-caola, feòil fhuar, saileadan, quiches is pizzas, sausage rolls is vol au vents. Bha coltas ann nach biodh àite idir ann airson a' bhogsa càise ach fhuair Chris beàrn air a shon aig oir a' bhùird.
An ath-dhoras, anns a' chidsin, bha na cunntairean uile làn bhotail is ghlainneachan agus bha Rosie, ceannard na Buidhne Sgrìobhaidh, trang nam measg, 'Dè ghabhas tu? Oh gu dearbha, cuidich thu fhèin ma tha thu 'g iarraidh...'

G is Ts, fìon pinc, Prosecco. Sùgh mheasan.

'...'g iarraidh stuth rud beag nas làidire ann?'

Nuair a chruinnich iad uile anns an t-seòmar-suidhe shuidh Vivienne ann an cathair mhòr air beulaibh na h-uinneige, glainne na làimh is cha mhòr a' bhuidheann shlàn mun cuairt oirre. Sheas Rosie an-àirde is ghabh i ceum no dhà air adhart, 'Fàilte chridheil, a h-uile duine. Seo sinn a-rithist aig deireadh bliadhna shoirbheachail. An toiseach, bu toil leam taing a thoirt do Vivienne, ar bean-an-taighe fhialaidh, airson aoigheachd a thabhann aon uair eile agus airson na taic a tha i a' toirt dhuinn tron t-seusan. Cò nar measg a b' urrainn dìochuimhneachadh na bùth-obrach luachmhoir a rinn i mu 'Sgrìobhadh Feise Fìor' as t-earrach?'

Gàireachdaich mhodhail, gnogadh cheann.

'...agus ciad taing, Vivienne, airson a bhith nad bhritheamh airson nan co-fharpaisean againn – tha do bheachdan agus do cho-dhùnaidhean daonnan cho ciallach. 'S mi tha toilichte gun do bhuannaich fiù 's mi fhèin farpais no dhà!'

Fiamh-ghàire beag, iriosal.

'Agus, mus dìochuimhnich mi, meal do naidheachd airson na nobhail as ùire agad fhèin a thàinig a-mach o chionn ghoirid!'

Glainneachan san adhar is 'meal do naidheachd' air gach bile. Bualadh nam bas.

'A-nis, gu coileanadh na bliadhna!'

Thuit sàmhchair fhiughaireach air an t-seòmar ged a bha aire Vivienne àiteigin fad air falbh.

An uair sin, seanachas na bliadhna – na h-artaigilean is sgeulachdan goirid a chaidh fhoillseachadh an siud 's an seo agus na duaisean a chaidh a bhuannachadh ann an co-fharpaisean – ionadail is nàiseanta. Ainmean air an gairm, daoine a' seasamh an-àirde, moladh is tuilleadh bualadh bhas.

Nuair a bha Rosie deiseil, sheas Vivienne a chomharrachadh gun robh am pàrtaidh fhèin a' dol a thòiseachadh agus dhòirt an sluagh a-mach dhan trannsa is don t-seòmar-bìdh far an do lìon iad na truinnsearan. Ospagan iongnaidh mun uiread de bhiadh a bh' air a' bhòrd.

'Oh tha fios 'am,' thuirt Vivienne. 'An aon rud a h-uile bliadhna – cus bìdh. Ach ciamar a chuireas sinn stad air is a h-uile duine cho deònach biadh a thoirt leotha? Tuilleadh deoch a dhìth?'

Cha do ghabh Eanraig ach truinnsear glè bheag de bhiadh. Chaidh e a-mach dhan ghàrradh agus shuidh e sìos aig an aon bhòrd ri Rosie is Vivienne.

'Niste, mu dheidhinn cothroman foillseachaidh bàrdachd...'

Air taobh thall a' ghàrraidh bha Chris ann an teas-meadhan buidheann bhoireannach far an robh tòrr dibhe a' dol mu thràth. Sgreuchail gàireachdaich a' fàs nas àirde.

'Ooh, Chris, nach tu tha uabhasach!'

'Aidh, ach fuirich gus an innis mi dhuibh...' 's e a' cur pìos Brie na bheul.

A' feuchainn ri guth Eanraig a sheachnadh, thug Vivienne sùil timcheall a' ghàrraidh agus lìon i le sonas. Bha cuideigin a' dol mun cuairt a' togail dhealbhan a nochdadh air làrach-lìn na buidhne an ceartair, fon cheann-naidheachd 'Là àlainn le Vivienne'. Dh'èirich fuaim aighearach a' phàrtaidh air adhar blàth an t-samhraidh agus cha do mhothaich duine ach Vivienne am bodach beag a thàinig tro na h-uinneagan Frangach agus a-mach don phatio.

Agus ged a bha e air fàs sean is coltas robach air, dh'aithnich i sa bhad cò bh' ann: Gillebeart Briggs – ge b' e 'Briggsy' a bh' aca air anns na seann làithean ann an clas a-sia agus an clas Beurla aig an Àrd-sgoil. B' e supply tidsear a bh' ann aig an àm sin fhad 's a bha e a' togail cliù dha fhèin mar sgrìobhadair aithnichte. Cha robh sgeul air a bhith air o chionn mòran bhliadhnaichean a-nis ach bha i air leughadh àiteigin gun robh e fhathast beò is air tilleadh don bhaile.

Gu sàmhach, sheas i agus chaidh i a-null thuige.

'Am faod mi do chuideachadh – 's e Gillebeart Briggs, an sgrìobhadair, a th' ann, nach e?'

''S e,' thuirt e, le gàire beag, 's e coimhead thairis air a gualainn, solas acrach na shùilean. 'Chuala mi àiteigin gun robh pàrtaidh aig a' Bhuidhinn Sgrìobhaidh an seo an-diugh, agus o chionns gu bheil am flat agam cho faisg ort aig ceann na sràide chuir mi romham tighinn ann.'

Mhothaich i sa bhad gun robh fàileadh làidir na dibhe dheth agus gun robh a chasan beagan cugallach ach rinn i gàire ris, ga threòrachadh dhan a' bhòrd far an robh Rosie is Eanraig.

'Seo Gillebeart Briggs, a b' àbhaist a bhith na thidsear agam aig an Àrd-sgoil.'

Las solas ann an sùilean Eanraig, 'Nach robh thu ri sgrìobh-adh aig aon àm?'

'Leabhar no dhà.'

'Cho fad 's as aithne dhomh tha thu air mòran a sgrìobhadh – cuid stèidhichte air costa an iar na h-Alba is cuid stèidhichte ann an dùthchannan cèin – nach robh thu a' fuireach thall thairis airson greis?'

Ghnog Gillebeart Briggs a cheann gu slaodach.

'Tha mo pheacaidhean uile a' tighinn am follais a-nis!' thuirt e.

'A bheil thu ag iarraidh grèim bìdh?' dh'fhaighnich Vivienne. Cha tuirt i guth mu deoch.

'Oh chan eil biadh a dhìth orm – an-dràsta, co-dhiù!' fhreagair Gillebeart Briggs. 'Tha e math a bhith dìreach nam shuidhe an seo, a' faireachdainn blàths na grèine air m' aodann ann an cuideachd sgrìobhadairean eile.'

Dhùin e a shùilean airson treiseag agus bha coltas air gun do thuit e na chadal gus an do thòisich Eanraig ga cheasnachadh mu na sgrìobhaidhean aige.

A dh'aindeoin teas na grèine agus buaidh na dibhe, gu h-obann shuidh Gillebeart Briggs an-àirde anns a' chathair agus thòisich e ri innse gu beothail mu na sgrìobhaidhean gu lèir aige, ag ainmeachadh gach leabhar agus a' toirt beagan fiosrachaidh seachad mu gach aon.

'…ach feumaidh mi aideachadh gur e am fear mu dheireadh – am fear a sgrìobh mi an seo, nuair a bha mi air teagasg a leigeil seachad, am fear as fhèarr leam.'

'Oh…,' thuirt Eanraig, '*Sgeulachdan a' Bhaile Bhig* an e? Tha cuimhne glè mhath agam air an fhear sin. Caran connspaideach nach robh? Stèidhichte air baile beag ri taobh na mara – mar am baile seo fhèin?'

'Sin e, an dearbh leabhar! Abair gun robh spòrs agam a' sgrìobhadh mu charactaran annasach baile beag. Na comhairlichean ionadail, am ministear àraid, an dol a-mach aig manaidsear a' bhanca, a' bhùth bheag far an robh tè òg a' fulang le tinneas-inntinn…'

Thàinig greann air aodann Eanraig, 'Tha cuimhne gu sònraichte agam air sin. Dh'fhàg an stòraidh mi gu math mìchofhurtail – bha cuideigin a b' aithne dhomh ag obair anns a' bhùth bhig sin – cuideigin air an robh mi gu math eòlach.'

Thàinig gleus fuar air a ghuth, 'Innis dhomh… 'eil thu

a' smaoineachadh gu bheil e ceart sgrìobhadh mu choimhearsnachdan beaga far a bheil a h-uile duine eòlach air a chèile agus far am biodh e gu math furasta cron a dhèanamh?' Bha sàmhchair aig a' bhòrd a-nis.

'Nach e cuspair caran trom a tha sin, Eanraig!' thuirt Vivienne. 'Cuimhnich, 's e pàrtaidh a th' ann!' Gàire beag glingeartach.

Dh'fhàs guth Gillebeart Briggs na b' àirde, 'Ma tha thu nad fhìor sgrìobhadair feumaidh tu a bhith làn misneachd airson sgrìobhadh mu na thogras tu fhèin – 's dòcha nach do dh'ionnsaich thu sin fhathast aig a' Bhuidhinn Sgrìobhaidh, mo charaid!'

Choimhead e gu slìogach mu thimcheall a' bhùird, 'Nach robh bùth-obrach agaibh mu dheidhinn fhathast? Chuala mi gu bheil na bùthan-obrach agaibh gu math feumail!'

Bha Eanraig a-nis air fàs dearg na aodann agus bha crith air tighinn na ghuth, 'Dè mu dheidhinn an fheadhainn air a bheil thu sgrìobhadh agus a' bhuaidh a th' orra, agus an cuid teaghlaich? B' e mo phiuthar fhèin air an robh tinneas-inntinn a bha ag obair anns a' bhùth sin – cùis pian dhan a h-uile duine againn san teaghlach. Ach sgrìobh thusa ma deidhinn 's tu a' magadh oirre gun truas ann an sgeulachd bheag, ghòrach, fhaoin!'

Chrath Gillebeart Briggs a ghuailnean, 'Ged a chaidh an sgeulachd gu dona dhut tha e follaiseach gun do ghlac e d' aire agus gun tug e buaidh ort. Nach e sin a tha a h-uile sgrìobhadair soirbheachail a' sireadh – aire leughadairean a ghlacadh agus buaidh air choireigin a thoirt orra?'

Bha Eanraig air chois a-nis, a shùilean gleansach, 'Sgrìobhadair soirbheachail? Nas coltaiche ri bleigeard, nam bheachd-sa! Chan eil e na iongnadh gu bheil thu a-nis nad sheann dhrungair shuarach...'

'A niste, a niste,' shuath Vivienne a ghàirdean, 's i feuchainn ri cùisean a shocrachadh. Ach bha Gillebeart Briggs air èirigh gu cugallach agus air aodann a chur an aodann Eanraig. Sàmhchair an-fhoiseil air feadh a' ghàrraidh a-nis, a h-uile duine ag èisteachd gu dlùth.

'Seallaidh mise dhut, 'ille, cò am fear as soirbheachail!' Na faclan air an slugadh. Smugaid a' tuiteam às a bheul. Gu h-obann dh'èirich Chris, 'Oh-o a chàirdean,' ars esan, ''s fhèarr dhòmhsa falbh! Àm airson teicheadh!'

Thàinig e thairis gu bòrd Vivienne far an robh Eanraig is Gillebeart nan seasamh, cha mhòr an ugannan a chèile, Vivienne is Rosie a' feuchainn ri toirt orra suidhe sìos.

'Mòran taing airson feasgar cho taitneach – agus cho inntinneach cuideachd, a ghràidh,' thuirt Chris ri Vivienne, a' toirt pòg dhi air gach gruaidh.

Thionndaidh Gillebeart Briggs thuige, 'OOOh, an e gràidh a th' annadsa? Thusa le do pheitean bheag, shnog 's do bhrògan dearga! 'S aithne dhòmhsa do leithid...'

Ach cha tuirt e an còrr oir gu h-obann chuir e a-mach gu làidir agus dhòirt tuil salachair grod, grànda sìos air brògan Chris, agus chaidh iad a-mach à sealladh gu h-iomlan. An uair sin chaidh glùinean Ghillebeart Briggs bhuaithe agus, gu slaodach, shleamhnaich e chun an làir.

Gu h-iongantach, b' e Chris fhèin a thog an-àirde e agus a chuir na shuidhe gu cùramach e anns a' chathair às dèidh aodann a ghlanadh le nèapaigin pàipeir. Airson cairteal na h-uarach bha ùpraid ann le daoine a' feuchainn ri cuideachadh a thoirt dha ach bha Chris an ceann a' ghnothaich agus beag air bheag thòisich càch ri càraichean is tagsaidhean a chur air dòigh airson a dhol dhachaigh. Bhruidhinn Vivienne ri Eanraig gu truasail, coibhneil airson a shocrachadh agus mu dheireadh thall cha robh ach Vivienne, Rosie is Chris air fhàgail anns a' ghàrradh. B' ann an uair sin a chuidich Chris Gillebeart Briggs ri seasamh a-rithist airson a threòrachadh dhachaigh.

Nuair a dh'fhalbh iad, chuidich Rosie Vivienne gus am biadh a sgioblachadh air falbh.

'Oh, Vivienne, tha mi cho duilich mu na thachair!' thuirt i. 'Abair sgrios! Bha a h-uile rud a' dol cho math – agus mhill am bodach grànda ud an là ort!'

'Uill,' arsa Vivienne, 's i beagan teagmhach, 'dh'aithnich mi gun robh e acrach airson aire, an Crìosdaidh bochd, agus, mar sin, tha mi air maitheanas a thoirt dha.'

Nas anmoiche, thàinig Chris air ais a dh'innse do Vivienne mar a chaidh cùisean aig flat Ghillebeart Briggs.

'Oh bidh esan ceart gu leòr a dh'aithghearr!' thuirt e. 'Ged a tha staid a' flat aige na mhasladh, eadar sgudal is salachar is botail fhalamh… co-dhiù, dh'fhàg mi e na laighe air a' chouch às dèidh uisge is pìos tost a thoirt dha. Bha còmhradh snog againn cuideachd – duine gu math inntinneach a tha sin. Nach bu chòir bùth-obrach a bhith againn còmhla ris an ath sheisean? Tha mi cinnteach gun ionnsaich sinn mòran bhuaithe…'

Airson diog bha Vivienne teagmhach a-rithist ach an uair sin thuirt i, 'Bu chòir, gu dearbh. Tha mi cinnteach gun ionnsaich sinn uile tòrr bho cuideigin cho ealanta, cliùiteach ri sin.'

3

Seudan na Mara

BHA AN CLACHAN air taobh siar an eilein, far an robh an costa creagach agus cruaidh. B' e àite aonranach, iomallach a bh' ann, trì mìltean bhon rathad mhòr agus sia mìltean air falbh bhon a' Phort, prìomh bhaile an eilein. Sheas na taighean tughaidh ìosal ann an sreath, len uinneagan beaga a' coimhead a-mach thairis air Sruth na Maoile mar shùilean geura, 's iad daonnan a' feitheamh airson cuideigin a' ruighinn.

* * *

Thàinig an stoirm gu h-obann. Aon mhionaid bha am bàta a' seòladh gu pròiseil, 's i a' gluasad mar eala bhàn air bhàrr tuinn gorma Sruth na Maoile 's a' stiùireadh a cùrsa airson na h-Èireann. An uair sin, ann am prioba na sùla, dh'fhàs na speuran dorch, agus dh'èirich gaoth mhòr, oiteagach, làidir.

Sheas an Ceannaiche aig rèile an t-soithich, a' coimhead air na tuinn 's iad a' ruith 's a' leum mar steud-eich. Air an deic, dh'fheuch na seòladairean ri grèim a chumail air uidheam a' bhàta agus gu h-àrd, am measg nan crann, bha iad a' strì ri pasgadh nan seòl. Dh'fhàs a' mhuir agus na speuran na bu dhuirche agus na bu dhuirche gus mu dheireadh chaidh an Ceannaiche gu cùramach sìos dhan chèaban oir cha b' urrainn dha seasamh gu sàbhailte idir. Laigh e sìos air an leabaidh, ag èisteachd ri fuaim na mara agus na gaoithe a' glaodhaich agus ag èigheach mar ghuthan fiadhaich mu thimcheall a' bhàta.

Cha do rinn e dad mar seo riamh roimhe oir cha b' e seòladair a bh' ann idir ach ceannaiche beairteach, cumhachdach Èireannach a bha cleachdte ri grèim teann a chumail air a h-uile ceàrnag den ghnìomhachas aige – a' reic is a' ceannach bathar prìseil bho Aimeireaga agus na h-Innseachan. A-nis, am measg gleadhraich is ùpraid na stoirme, dh'fhairich e gun robh a h-uile rud a' tuiteam às a chèile mu a thimcheall agus mhallaich e e fhèin airson cho gòrach 's a bha e tighinn air an turas chunnartach seo.

Nuair a dh'fhàg iad Èirinn o chionn sia mìosan, bha a h-uile rud air a bhith gu tur eadar-dhealaichte. Bha e air a bhith a' faireachdainn dàna agus dòchasach 's e a' dol a thadhal air tìrean cèine fada thall agus a dhèanamh bhòidse mhòr air aon de na soithichean-siùil aige fhèin. Bhiodh e na chothrom dha an saoghal mòr fhaicinn às dèidh nam bliadhnaichean fada ag obair gu cruaidh a' cruinneachadh fortan, agus cothrom cuideachd a bhith a' coinneachadh ri ceannaichean eile thall thairis.

B' e duine ciallach, glic a bh' ann agus chuir e na cùisean aige air dòigh mus do dh'fhalbh e – an dà chuid anns a' ghnìomhachas agus aig an taigh. Bha e na bhanntrach agus cha robh aige ach aon nighean, Anna – 's ise an rud a bu phrìseile buileach aige am measg a chuid fhortain. Bha i sia bliadhna deug agus a' dol a phòsadh an athbhliadhna ach bha a phiuthar agus seann bhanaltram fhathast a' fuireach còmhla riutha airson coimhead às a dèidh agus bha e cinnteach gum biodh i sàbhailte gu leòr fhad 's a bha e air falbh. A' laighe anns a' chèaban, bochd is lag, 's an stoirm air bhoil taobh a-muigh, thàinig dealbh dhith na inntinn air an là a dh'fhàg e Doire. Gaol a chridhe na seasamh air a' chidhe, a h-aghaidh mhaiseach agus a sùilean soilleir gorm, 's i a' smèideadh a làimhe gus an deach am bàta a-mach à sealladh.

Dh'fhàs an stoirm na bu mhiosa. Dh'èirich an Ceannaiche agus chaidh e gu cugallach gu ciste mhòr fhiodha aig bonn na leapa. Le duilgheadas, dh'fhosgail e mullach na ciste agus thug e sreang de neamhnaidean a-mach, a bha am pasgadh ann am pìos sìoda. Neamhnaidean a thàinig às na h-Innseachan mar thiodhlac airson là bainnse Anna, ann an eaglais mhòr eireachdail ann am meadhan baile Dhoire.

Thòisich an cèaban ri crith gu fòirneartach bho thaobh gu taobh, air ais is air aghaidh, agus dh'fhàs e tinn agus eagalach. Cha b' urrainn dha a dhol air ais dhan leabaidh agus laigh e sìos air an làr le grèim teann air na neamhnaidean a bha fhathast na làimh. Mu dheireadh thall, dh'fhosgail e coilear a lèine agus cheangail e na neamhnaidean mu amhaich.

***

An ath là, dh'èirich a' ghrian air muir a bha ciùin agus sàmhach a-rithist ach cha robh sgeul a-nis air a' bhàta-siùil stàiteil. Cha robh mìr ri fhaicinn ach pìosan luideagach fiodha agus baraillean briste, a' flòdraigeadh gu socair am measg nan suailean neoichiontach.

Bha muinntir a' chlachain gu math eòlach air buil stoirmean is gailleannan agus am milleadh a thàinig nan lùib. Às dèidh stoirm mhòr bha daonnan rudan rim faighinn air an tràigh, am measg na feamad agus nan creagan. Rudan feumail, uaireannan rudan prìseil agus uaireannan eile rudan nach robh feumail no prìseil ann an dòigh sam bith, oir gu tric bhiodh cuirp ann cuideachd.

Nuair a thàinig solas an là, chaidh na fir sìos dhan chladach airson cobhartach a lorg agus, gu dearbha, bha tòrr ann. Pìosan fiodha, ròpaichean, fiù 's àirneis agus uidheam cidsin. Lorg iad sianar sheòladairean marbha agus thog na fir iad gu cùramach airson an tòrradh. Lorg iad cuideachd fear a bha na laighe ri taobh ciste mhòr, fhalamh. Bha coltas a' bhàis air ach, nuair a thog iad suas e, rinn e osna bheag agus mhothaich iad gun robh e fhathast beò.

Thug iad an duine bochd seo gu socair air ais dhan bhaile, gu taigh Iain MhicAnndrais agus a bhean – daoine còir gasta aig nach robh ach aon nighean bheag agus air sgàth sin, barrachd rùim airson cùram is aoigheachd a thoirt dha.

Agus, gu dearbha, fhuair an Ceannaiche pailteas aoigheachd ann an taigh Iain MhicAnndrais. Ged a bha e cho truagh an toiseach, leis a' chùram, an coibhneas agus an càirdeas a fhuair e, dh'fhàs e na bu làidire là às dèidh là. Roinn Iain agus a bhean na bha aca de bhiadh leis agus rinn iad àite-cadail dha anns an leabaidh acasan ri taobh an teine fhad 's a ghabh iadsan leabaidh san t-seòmar eile. Cha robh e doirbh bruidhinn ris na bu mhotha oir bha Gàidhlig gu leòr aige a bha gu math coltach ris a' Ghàidhlig aca fhèin.

A' chiad là a thàinig an Ceannaiche, mhothaich Iain gun robh sreang de neamhnaidean mu thimcheall amhaich ach cha tuirt e guth mun deidhinn. Mhothaich a bhean dhaibh cuideachd ach cha tuirt ise guth na bu mhotha, ged a bha iad gu math follaiseach nuair a bha e na laighe anns an leabaidh is coilear a lèine fosgailte. Ach nuair a mhothaich Màiri, an nighean bheag, dha na grìogagan brèagha, dh'fhaighnich ise do a màthair dè bh' annta.

'Cuist, 'eudail,' thuirt a màthair, 'sin na rudan prìseil aig an truaghan sin – an aon rud a tha air fhàgail aige san t-saoghal gu lèir.'

Dh'èist Màiri ri a màthair le sùilean mòra cruinn agus cha do dh'fhaighnich i mu na neamhnaidean tuilleadh – ged a bha iad fhathast na h-inntinn. 'S mathaid gun robh cuimhne aig a' Cheannaiche air na làithean nuair a bha Anna aigesan na caileag bheag oir nuair a dh'fhàs e na bu làidire, thòisich e ag innse sgeulachdan do Mhàiri 's iad nan suidhe le chèile ri taobh an teine.

Sgeulachdan mìorbhaileach, àraid mu na tìrean cèine far an robh e air a bhith a' siubhal no mu na beathaichean a chunnaic e annta. Bha Màiri beò-ghlacte leotha, is i ag èisteachd gu dlùth ris – fhad 's a bha i fhathast a' smaoineachadh mu na grìogagan rìomhach a bha i a' faicinn mu amhaich fo choilear a lèine.

An ceann sia seachdainean, thòisich an Ceannaiche a' coiseachd a-rithist agus a' dèanamh shràidean beaga taobh a-muigh an taighe. Bha a neart a' tilleadh, beag air bheag, agus dh'fhàs e soilleir gun robh e gu bhith slàn gu leòr airson a dhol dhachaigh.

An uair sin thàinig naidheachd don bhaile gun robh bàta mòr a' fàgail a' Phuirt an ceann seachdain, a' dèanamh a slighe a dh'Èirinn, agus thòisich an Ceannaiche air ullachadh airson falbh.

B' e là brònach a bh' ann nuair a dh'fhàg e taigh Iain MhicAnndrais oir bha e air fàs gu math càirdeil ris an teaghlach gu lèir agus bha meas mòr aig a h-uile duine anns a' bhaile air cuideachd. Thàinig iad uile airson soraidh slàn a thoirt dha is sheas iad ri chèile a' smèideadh agus a' coimhead às a dhèidh gus an deach e a-mach à sealladh. Choisich Iain MacAnndrais pàirt den t-slighe còmhla ris, air frith-rathad thairis air na monaidhean, gus an do ràinig iad an rathad mòr aig an àite ris an abrar Clach na Teachdaireachd. An sin bha each is cairt a' feitheamh, agus mus do dh'fhalbh e, chrath an Ceannaiche làmh Iain, ag ràdh, 'Gun robh math agad, Iain, airson a h-uile mìr a rinn thu air mo shon. Nuair a thilleas mi don dùthaich agam fhèin, cuiridh mi òr thugad ach, an-dràsta, seo agad tiodhlac beag,' agus thug e dha na neamhnaidean.

Nach robh Màiri bheag air a dòigh nuair a thàinig a h-athair air ais leis na griogagan brèagha agus, mus do chuir e air falbh gu sàbhailte iad, leig e cead dhi an cur orra. Ruith i dhan sgàthan agus sheall i gu moiteil oirre fhèin leis na neamhnaidean mu a h-amhaich, a' deàrrsadh ann an solas na lampa.

B' ann air an ath-sheachdain a dh'fhàs Màiri bheag tinn – cho tinn 's gun do chuir e eagal fiadhaich air Iain. Ach, gu math luath, cha b' urrainn do Iain no a bhean cùram a thoirt dhi oir dh'fhàs iad fhèin tinn cuideachd. Chaidh an tinneas tron bhaile mar fhalaisg agus, an ceann cola-deug, thòisich na daoine air bàsachadh – Iain còir agus a theaghlach nam measg. Thàinig dotair bhon Phort a dh'fhaighinn a-mach dè bha ceàrr agus airson leigheas air choireigin a thoirt dhaibh ach bha amharas aige mu thràth dè an tinneas a bh' ann agus mus tàinig an oidhche bha e follaiseach gur e a' phlàigh a bh' ann.

Nuair a thàinig naidheachd dhan a' Phort gun robh

a' phlàigh ma sgaoil chuir e eagal am beatha air muinntir an àite, oir anns na làithean sin b' e tinneas bàsmhor, gabhaltach a bh' ann.

A dh'aindeoin sin, bha fhathast daoine coibhneil Crìosdaidh ann a bha deònach cuideachadh a thoirt do mhuinntir a' bhaile bhig. Ged nach b' urrainn do dhuine a dhol dhan bhaile fhèin, dh'fhàg cuid pocannan mine agus buntàta aig a' chreig mhòir rèidh, Clach na Teachdaireachd, aig ceann an fhrith-rathaid, agus iad an dòchas gun tigeadh cuideigin gam faighinn. Chùm iad orra airson sia seachdainean agus gach seachdain bha am biadh uile air a thoirt air falbh ach, aig a cheann thall, thàinig an là nuair a fhuair iad na pocannan làna fhathast nan laighe air a' chreig agus bha fhios aca nach robh duine beò air fhàgail. Fad mìosan a' gheamhraidh laigh am biadh an sin gus an deach ithe leis na fèidh, na coineanaich agus na h-eòin.

Cha deach duine faisg air a' chlachan gus an tàinig làithean soilleir, grianach an earraich a-rithist. Air là sònraichte chaidh sgioba ann agus chuir iad a h-uile taigh na theine gus nach robh sgeul air fhàgail de na taighean, na daoine – no fiù 's na neamhnaidean.

Cha robh ach luaithre agus sgòthan liath de smùid ag èirigh suas anns an adhar, a' flòdraigeadh a-mach thairis air a' mhuir.

Air an aon là, air taobh thall Sruth na Maoile, phòs Anna, nighean a' Cheannaiche – ach chan ann san eaglais eireachdail ann am meadhan a' bhaile. Chaidh a pòsadh gu sàmhach aig an taigh, ann an dreasa phlèana, dhubh agus às aonais sheudan mu a muineal gheal rìomhach oir bha i fhathast a' caoidh a h-athar a bha air siubhal leis a' phlàigh o chionn sia mìosan, aig toiseach a' gheamhraidh.

4

Eadar Humpty Doo is Jabiru

BHA AM FÒN-LÀIMHE fhathast balbh. Cha robh siognail ri fhaighinn air a' phlèan co-dhiù ach chùm Mairead e faisg air làimh oir bha dùil aice naidheachd fhaighinn an dearbh mhionaid a ruigeadh iad air tìr ann an Darwin.

Bha iad air upgrade fhaighinn às dèidh na dàlach sgriosail sin aig port-adhair Sydney – ùpraid de shluagh luchd-siubhail greannach, teas, biadh grànda agus oidhche ann am motel grod. Anns a' chèaban business-class fionnar cha robh ach triùir no ceathrar eile 's iad ag obair gu sàmhach air laptops no trang a' leughadh phàipearan is aithisgean. Às dèidh bracaist bhlasta, bha Iain a-nis na shuain ri a taobh fo phlangaid ghlan agus ged a bha rùm gu leòr anns an t-suidheachan mhòr leathann airson sìneadh a-mach, bha e crùbte suas mar leanabh anns a' mhachlaig.

Shuidh Mairead an-àirde ri taobh na h-uinneig, beò-ghlacte leis an t-sealladh fòidhpe. Bha am plèan a' siubhal gu tuath, a' dèanamh cùrsa air Darwin agus na Northern Territories – thairis air beanntan mòra an Great Dividing Range, os cionn choilltean-uisge Queensland, suas, suas gu sròn mòr Cape York far an dèanadh e tionndadh dhan iar agus an uair sin thairis air Gulf Charpantaria. Air cùlaibh an t-suidheachain air a beulaibh bha sgrion bheag a' sealltainn mapa den tìr far an robh iad a' siubhal ach nuair a thòisich iad ag itealaich thairis air a' Ghulf cha robh càil ri fhaicinn air ach an cuan falamh. An ceann greis nochd tìr air an sgrion a-rithist agus, a' coimhead sìos bhon uinneig, mhothaich Mairead gun robh iad a' dol thairis air sreath eileanan uaine agus gun robh iomall Arnhem Land a' tighinn am follais. Chuir e iongnadh oirre dè cho uaine 's a bha a h-uile h-àite, ged a bha fios aice gur e deireadh an t-Seusain Fhliuch a bh' ann agus gum biodh an talamh bog fliuch agus na h-aibhnichean uile làn.

Bha na h-eileanan uaine gan cuairteachadh le gainmheach dhonn, a' dèanamh cearcaill ceòthach anns a' mhuir mun timcheall. An cois costa Arnhem Land bha uiread de dh'aibhnichean, a' lùbadh 's a' tionndadh tron dùthaich rèidh, is uisge gainmhich a' sruthadh a-mach às gach inbhir is bun mar fhuil a' dòrtadh a-mach à cuislean na tìre.

Thòisich am plèana a' cromadh, thairis air an tìr uaine far an robh uisge a' priobadh is a' gleansadh an siud is an seo am measg craobhan na coille-uisge.

Thàinig an tè-fhrithealaidh suas tron a' chèaban thuca, 'A bheil an dithis agaibh ceart gu leòr?'

Sheall i sìos air Iain a bha fhathast na chadal le aodann ciùin is e a' gabhail anail gu trom agus gu socair.

'Tha mi a' faicinn gu bheil aon dhibh co-dhiù!' thuirt i le gàire beag.

''S mi tha toilichte gu bheil,' thuirt Mairead rithe, 'oir tha turas gu math fada air ar beulaibh nuair a ruigeas sinn Darwin – agus bidh esan a' dràibheadh.'

Sheall an tè-fhrithealaidh oirre gu coibhneil is coltas

iomagaineach na sùilean.

'Dè tha bean-uasal Albannach mar sibh fhèin a' dèanamh anns na Northern Territories, co-dhiù? Tha teas agus bruthainneachd uabhasach ann ris nach biodh sibh cleachdte ann an dòigh sam bith. Tha e fiù 's duilich dhòmhsa dèiligeadh ris!'

B' ann an uair sin a dh'innis Mairead dhi mun turas shònraichte seo gu Pàirc Nàiseanta Kakadu, a chaidh a chur air dòigh o chionn fhada. Turas a bha a' comharrachadh na dòigh a bha am beatha air atharrachadh thairis air na bliadhnaichean agus gun robh barrachd ùine agus saorsa aca a-nis. Dh'innis i dhi mun cho-là-breith shònraichte aig Iain agus an ceann-bliadhna pòsaidh sònraichte aig an dithis aca; mun ùidh a bh' aca ann an nàdar, cruinn-eòlas agus eachdraidh nan Tùsanach; mun taigh-òsta ann an cumadh crogaill ann an Jabiru far an robh iad dol a dh'fhuireach airson seachdain mus rachadh iad sìos gu deas airson cola-deug ann am Melbourne, seachdain ann an Tasmania, agus an uair sin dhachaigh a dh'Alba.

Ach cha do dh'innis i an còrr – mun naidheachd a bha iad air a bhith a' feitheamh no an teachdaireachd nach tàinig fhathast air an fhòn-làimhe, oir bha eagal saobh-chràbhach oirre gun dèanadh seo cron air choireigin.

'Uill,' thuirt an tè-fhrithealaidh, 'dèan cinnteach gu bheil am Factor 50 agaibh!' agus chaidh i air falbh a dh'ullachadh airson a dhol sìos gu Darwin.

Dhùisg Iain le clisge bheag nuair a thàinig guth a' chaiptein, 's e ag innse dhaibh gun robh iad dlùth air a' phort-adhair. Shuidh e an-àirde gu dìreach anns an t-suidheachan, ghabh e grèim air làmh Maireid agus cha do leig e às i gus an tàinig am plèan gu stad air an talamh.

Cho luath 's a ràinig iad am port-adhair, chuir Mairead air am fòn-làimhe a-rithist ach cha robh air an sgrion ach ainm na companaidh fòin. Thòisich smuain bheag iomagaineach ag èirigh na h-inntinn ach chuir i seachad i agus cha tuirt Iain dad.

Bhuail an teas bruthainneach orra mar shearbhadair teth nuair a thàinig iad a-mach às na togalaichean. Chaidh iad gu oifis *Avis*, bothan beag aig cùlaibh a' phuirt-adhair, le Iain a' putadh troilidh làn bhagaichean, is rucksack air a dhruim. Ged a bha *air-con* a' sèideadh gu làidir anns an oifis, bha còmhdach fallais air maol an fhir air cùl an deasg agus taiseachd a' dèanamh smal fo achlaisean a lèine. Lìon iad foirmichean, fhuair iad iuchraichean a' chàir agus chaidh iad a-mach a-rithist ann an teas meadhan-là. Ged a bha an càr faisg air làimh bha an dithis aca bog-fliuch le fallas nuair a ràinig iad e. Chuir Iain air an *air-con* agus ghlan e na h-uinneagan air an robh còmhdach de stùr salach geal.

'Oh, nach robh àiteigin ann airson fras fhuar a ghabhail!' thuirt e ri Mairead.

Thug ise pasgan wipes fliuch a-mach às a baga agus thug i fear dha mus do shuath i fhèin a h-aodann agus cùl a h-amhaich. An uair sin chuir i am fòn-làimhe eatorra.

Chuir Iain suas an èadhar fhuar cho àrd 's a b' urrainn dha agus shuidh iad airson diog no dhà anns an fhionnarachd, a' coimhead air a' mhapa a fhuair iad bhon fhear san oifis. Sgaoil iad a-mach e air an glùinean agus sheall iad air baile Dharwin, an aon phìos sìobhaltachd air a' chosta iomallach ud – air a chuairteachadh le òban agus coilltean-uisge a bha a' sìneadh a-mach fad air falbh gu deas agus am fàsach falamh dearg. Sin far am biodh an t-slighe acasan, air An Stuart Highway gu Humpty Doo air oir a' bhaile. An uair sin air an Arnhem Highway, sìos gu Jabiru agus an taigh-òsta ann an cumadh crogaill, ann an teas-meadhan tìr nan Tùsanach – tìr dhraoidheil, dhìomhair, glacte ann an Tìm nan Aisling.

Dhràibh Iain a-mach às an raon-pharcaidh gu cùramach agus leis a' ghrian phràiseach a' sìor bhualadh orra, ghluais iad a-mach gu ruige an Stuart Highway. Phaisg Mairead am mapa agus chuir i air falbh e. Bho àm gu àm, thug i sùil air an fhòn-làimhe a bha na laighe sàmhach is neoichiontach eatarra ach cha robh fhathast teachdaireachd sam bith a' nochdadh air.

Gu fortanach, cha robh cus trafaig ann agus nuair a ràinig iad an Arnhem Highway aig Humpty Doo cha robh ach iad fhèin air an rathad dhearg, a bha a' sìneadh a-mach cho dìreach ri saighead, a' dèanamh a chùrsa gu cridhe deàrrsach Astràilia. Bha morghan dearg air gach taobh dheth agus an uair sin na coilltean, le seallaidhean beaga de dh'uisge a' gleansadh bho àm gu àm am measg nan craobhan. Cha mhòr a h-uile mìle bha drochaid a' dol tarsainn òban, làn uisge olach, uaine agus soidhnichean ri taobh gach drochaid a' toirt rabhadh gun robh iasgach toirmisgte air sgàth nan crogallan.

Air uachdar an rathaid, bha an teas a' laighe mar linneachan gleansach agus thàinig faireachdainn air Mairead gun robh iad a' siubhal àiteigin ann an aisling 's gun duine beò air thalamh ach iad fhèin. Uaireannan nochd cnocan-termite air oir an rathaid – cumaidhean annasach, snaighte, cuid dhiubh mu shia troigh a dh'àirde. Uaireannan eile chunnaic iad eich fhiadhaich ag ionaltradh far an robh àiteachan feurach fosgailte am measg nan coilltean, no ealtainn de chogatuthan geala ag èirigh dhan adhar 's iad a' teiche bho fhuaim a' chàir.

Bhon a dh'fhàg iad Humpty Doo cha robh ach ainm na companaidh-fòin air a bhith air sgrion an fhòin-làimhe ach mu uair a thìde nas fhaide air adhart mhothaich Mairead gu grad gun robh an siognail air falbh agus gun robh an sgrion dorcha.

'Transmission black-out,' thuirt Iain, le gàire beag teann a bha a' sealltainn dhi gun robh eagal na chridhe gun tigeadh an teachdaireachd aig an dearbh àm sin.

A-nis, a dh'aindeoin gach sealladh mìorbhaileach a bha a' nochdadh mun cuairt orra, dh'fhàs an dithis aca sàmhach – cho sàmhach ris an inneal bheag a bha na laighe balbh eatorra. Chùm Iain a shùilean air an rathad fhalamh, dhìreach agus thill an fhaireachdainn gu Mairead gun robh iad a' siubhal tron dùthaich bhruadarail, dhìomhair seo mar gun robh iad glacte ann an Tìm nan Aisling fhèin. Thòisich i ri smaoineachadh mu chùisean aig an taigh, saoil an robh a h-uile rud gu math, saoil an robh a h-uile rud a' dol mar bu chòir…?

Is an uair sin, àiteigin air an rathad eadar Humpty Doo is Jabiru, thàinig an siognail fòin air ais le fuaim beag, ceòlmhor a bha a' sealltainn gun robh, mu dheireadh thall, teachdaireachd air ruighinn.

Thog Mairead am fòn agus leugh i a-mach, 'Phone me back, as soon as you get this.'

Thionndaidh Iain an càr bhon rathad agus thàinig iad gu stad am measg sgòthan de mhorghan dearg.

'Halò…?' thuirt Mairead.

'Halò…, Mum?' Guth am mic, air bhioran 's e làn phròis.

'Balach! Màthair is pàiste slàn fallainn…' is ged a bha e mìltean mìle air falbh, air taobh eile an t-saoghail, bha a bhriathran cho pongail agus cho soilleir 's gun robh e na shuidhe rin taobh anns a' chàr.

Agus b' ann mar sin, air rathad falamh eadar Humpty Doo is Jabiru, a fhuair iad an naidheachd a bha cho sean ri Tìm nan Aisling fhèin, a thàinig thairis air mòr-thìrean is cuantan, thairis air an iarmailt agus na reultan. Naidheachd a bha a' comharrachadh na dearbh dhòigh a bha am beatha ag atharrachadh agus a bha a' dèanamh cinnteach nach biodh e an aon dòigh gu bràth tuilleadh.

Às dèidh bruidhinn airson beagan mhionaidean, thug iad am beannachdan don teaghlach bheag ùr a chaidh a chruthachadh air madainn fhuar fhliuch, fada air falbh ann am Pàislig, agus nuair a chuir iad dheth am fòn a-rithist ghlac Iain Mairead na ghàirdeanan agus thug e pòg dhi.

'Meal do naidheachd, a Ghranaidh! Botal Champagne aig Taigh-òsta a' Chrogaill a-nochd!'

Thòisich iad air gaireachdaich, làn faochaidh agus sonas.

Ach, gu clis, às dèidh faochadh agus sonas, thàinig an cianalas – oir dè a b' fhiach na mìorbhailean uile a chunnaic iad agus dè a b' fhiach na mìorbhailean uile a bha fhathast rim faicinn mus rachadh iad dhachaigh an ceann ceithir seachdainean, oir bha an rud bu mhìorbhailiche buileach a' feitheamh orra air ais ann an Alba.

5

Mìosachan

MHOTHAICH MI GUN robh mìosachan aice – air mullach a' phreasa-leabhraichean, ri taobh an T.Bh. far am b' urrainn dhi fhaicinn fad na h-ùine. B' e an seòrsa mìosachain a bh' ann far an robh duilleag le dealbh sònraichte airson gach mìos den bhliadhna.

'Oh... nach snog sin,' thuirt mi le faochadh, oir bha eagal air a bhith orm gum biodh e doirbh bruidhinn rithe a' chiad àm seo às dèidh na bh' air tachairt.

Thàinig solas thairis air a h-aodann, 'Oh 's e tha! Thug Krys is an teaghlach sin dhomh aig a' bhliadhn' ùir. Siuthad – bheir sùil air!'

Thug mi sìos am mìosachan agus shuidh mi ri a taobh – mise air an t-sòfa is ise na suidhe, fhathast dìreach, anns a' chathair chruaidh ri taobh na h-uinneige. Bha a bata na laighe dlùth oirre air an ùrlar agus bha am putan dearg airson an luchd-taic a ghairm air sreang mu a h-amhaich.

Chùm i sùil orm fhad 's a bha mi a' coimhead air a' mhìosachan, duilleag mu seach, ach cha tuirt i facal.

Am Faoilleach: is sin Sìne, ann an dreasa spaideil, dhubh, is glainne phrosecco na làimh. Bha sreang de sholais dhathte air a cùlaibh.

An Gearran: co-là-breith Sìne, is i fhèin 's Krys a' coiseachd ri taobh na tràghad, na suailean a' bualadh air na creagan is faoileagan os an cionn.

Am Màrt: Sìne is Dan nan seasamh taobh ri taobh. Coltas Krys air a shùilean is e cho àrd ri athair.

An Giblean… An Cèitean: Sìne a-rithist am measg fhlùraichean is creutairean beaga an earraich.

An t-Ògmhios: Là ceumnachaidh Donna, agus Sìne is Krys ri a taobh. Seanmhair Donna air an taobh eile 's i a' coimhead cho rìomhach le a falt bòidheach geal agus a deise ghorm 's gun sgeul air a' bhata.

Chùm mi orm.

An t-Iuchar… An t-Sultain. Gach dealbh de Shìne cho soilleir is cho brèagha. Bliadhna ann am beatha boireannaich, glacte am broinn dusan dealbh deàlrach.

Nuair a thàinig An Dùbhlachd agus an dealbh mu dheireadh, mhothaich mi gun robh fiamh-ghàire air aodann a' bhoireannaich air mo bheulaibh.

'Dè do bheachd?' thuirt i le fiughair. 'Nach eil e àlainn?'

Cha robh mi cinnteach dè chanainn ach thuig mi gun robh i toilichte. Bha sàmhchair anns an t-seòmar bheag airson diog no dhà agus an uair sin thuirt mi, 'Tha e dìreach àlainn fhèin. 'S math gu bheil e agad airson a' chuimhne a chumail beò nad inntinn.'

Sheall i orm le a sùilean a' deàrrsadh. 'Oh…tha gu dearbha, agus bidh i dlùth dhomh a h-uile là!'

Bha e beagan doirbh dhomh faighneachd ach bha mi a' faireachdainn gum b' e mo dhleastanas a bh' ann, '…agus … ciamar a tha Krys is Donna is Dan a' cothachadh às a h-aonais?'

Dh'fhàs i sàmhach a-rithist.

'Gu duilich,' thuirt i mu dheireadh thall, 'gu math duilich.'

6

Madainn Mhath

MADAINN DIARDAOIN 's bha clas aig Màiri. Clas a bha i air a bhith teagasg o chionn bliadhna, aon turas gach seachdain. Clas làn sonais, làn fealla-dhà, làn càirdeis. Ach an-diugh bha i a' faireachdainn mì-chinnteach agus mì-chofhurtail agus, a' dràibheadh sìos dhan a' bhaile mhòr, bha i a' smaoineachadh air na daoine a bha a' tighinn a thadhal air a' chlas. Buidheann fiolm a bha a' dèanamh bhidio mu chlasaichean Gàidhlig.

Nuair a ràinig i am baile mòr, dh'fhàg Màiri an càr aice ann an àite-parcaidh mu choinneamh an Ionaid agus chaidh i tarsainn an rathaid le baga mòr de stuth – dealbhan, lethbhreacan air an dèanamh ann an clò-mòr, bhidio de 'Speaking Our Language' agus a' chiad dreach sgriobt airson Taisbeanadh Deireadh na Bliadhna. Bha na busaichean àbhaisteach a' ruighinn. Busaichean mòra leathann le rampaichean 's le dràibhearan foighidneach, cuideachail. Bha an t-àite làn dhaoine ann an cathraichean-cuibhle no a' leigeil an cudroim air bataichean no croitsichean, 's iad uile, mar i fhèin, a' dèanamh an slighe chun an Ionaid, cuid dhiubh anns a' chlas Ghàidhlig aicese.

'Madainn mhath, a Sheònaid!'

'Madainn mhath, Màiri!'
'Madainn mhath, a Thòmais!'
'Madainn mhath, Màiri!' Cha robh sgeul aig duine air an tuiseal ghairmeach fhathast ach bha i dòchasach gun tigeadh e uaireigin agus, co-dhiù, bha gàire orra uile.
Saoil an robh Peadar ann? Choimhead Màiri mun cuairt ach chan fhaiceadh i e.
Chaidh i a-steach chun an deasg airson soinigeadh a-staigh.
'Mornin', Màiri – see your special visitors are here. They're in the library, waitin' on you...'
Sìos an trannsa dhan leabhar-lann, a cridhe a' tòiseachadh a' bualadh nas luaithe 's i a' feuchainn ri coimhead misneachail is comasach. Bha Raonaid, an tè-cuideachaidh, a' feitheamh oirre aig an doras le dithis ri a taobh – boireannach beag le aodach 'ethnic', dathte agus fear òg le feusag.
'Madainn mhath, a Mhàiri!' Bha Raonaid daonnan a' dèanamh a dìchill le gràmar...
'Seo Pixie agus Mìcheal. They'll be filming us just now and doing the interviews afterwards. Ceart gu leòr?'
Ceart gu leòr. Chaidh i a-steach dhan leabhar-lann – seòmar beag air cùlaibh an Ionaid le uinneagan mòra air aon taobh. Seòmar glè bhlàth, glè chumhang – gu h-àraidh nuair a bha e làn chathraichean-cuibhle, agus an-diugh bha e làn stuth eile cuideachd. Solas mòr, maicreafon fada, molach, uèirichean a' dol dhan a h-uile h-àite agus bogsaichean deàlrach meatailt. Agus, a-nis, bha na h-oileanaich aice a' dol a-steach dhan t-seòmar 's a' feuchainn ri suidheachaidhean freagarrach fhaighinn am measg an uidheim.
Seònaid is Tòmas, Albert is Ìomhar, Iseabail is Anna is

Steaphan. Ach càit an robh Peadar?

Thòisich Raonaid agus i fhèin gan cuideachadh, a' putadh 's a' brùthadh nan cathraichean troma, cearbach am measg nan uèirichean 's na bogsaichean 's an uidheam. Mu dheireadh thall bha a h-uile duine san àite cheart le dìreach beàrn air fhàgail dhi fhèin, 's a flip-chart 's am bòrd-obrach beag, air beulaibh na h-uinneige mòire. Bha Raonaid na suidhe air a tòin anns an oisean. Chaidh an uidheam a sheatadh suas le camara bhidio beag ann an làimh Pixie 's am *mike* molach aig Mìcheal.

'Now Màiri, just do your own thing…pretend we're not here…a typical lesson…'

Bha a' ghrian a' dòrtadh tron uinneig agus dh'fhàs Màiri cianail blàth. Bha a cridhe a-nis a' bualadh mar dhruma agus thòisich a h-anail a' tighinn gu luath. Bha sùil bheag nimheil a' chamara a' coimhead oirre gu biorach 's Pixie na seasamh gu dòchasach ri a taobh. Ciamar a thòisicheas mi, smaoinich i, ciamar a thòisicheas mi? Agus an uair sin chuimhnich i na làithean a dh'fhalbh, na làithean aig Colaiste Chnoc Iòrdain le planaichean is clàran is oidichean nan suidhe aig cùl a' chlas agus le sin thòisich i dìreach mar a b' àbhaist dhi – leis a' chlàr. Beag air bheag, thàinig sìth is sàmhchair oirre, agus chrìon sùil bheag ghrànda a' chamara a-mach às an t-sealladh aice.

'Albert?'
'Seo!'
'Iseabail?'
'Seo!'
'Seònaid?'
'Seo!'
…agus mar sin air adhart, gu…

'Peadar?'

'Oh, he'll have slept in!'

Rinn Raonaid 's càch gàireachdaich agus an dèidh sin bha Màiri a' faireachdainn fada, fada na b' fhèarr. Nochd ìomhaigh bheag de Pheadar na h-inntinn. Fear diùid, sàmhach – an aon fhear sa chlas gun chathair-chuibhle ach a bha a' coiseachd gu slaodach agus gu cugallach. An aon fhear sa chlas aig an robh obair phàirt-ùine ann an club do chloinn òga às dèidh na sgoile.

Nuair a bha Màiri a' coimhead air ais air a' mhadainn sin cha robh cuimhne aice ciamar a chaidh an ùine seachad cho luath fhad 's a bha Pixie a' fiolmadh. Rinn iad leasan àbhaisteach, a' tòiseachadh le, 'Ciamar a tha thu an-diugh?', 'Cò ris a tha an t-sìde coltach?' na dathan agus na h-àireamhan. Bhruidhinn iad mu Thaisbeanadh Deireadh na Bliadhna agus thug i a-mach pàirtean ann dhan a h-uile duine. Agus, uaireigin, am measg na bha a' tachairt, thàinig Peadar a-staigh – am fear mòr, diùid, sàmhach – agus shuidh e san oisean ri taobh Raonaid.

'Ok Màiri, that was great, but time's moving on. I'd like to do the interviews now if we could...' thionndaidh Pixie chun a' chlas, 'Now, what do you get out of coming to a class like this?'

'S an uair sin, dh'innis iad uile dhi gu nàdarra 's gun uallach cho math 's a bha an clas a' còrdadh riutha 's na rudan sònraichte a bha iad a' faighinn às. Cha b' e dìreach an t-eòlas a bha iad a' faighinn air cànan agus cultar na Gàidhlig no, airson cuid dhiubh, an dùbhlan a bh' ann an lùib a bhith ag ionnsachadh cànan ùr – ach cuideachd, an càirdeas agus an spòrs.

Shuidh Màiri sìos air an ùrlar air cùlaibh a' bhùird-

obrach, ag èisteachd le toileachas agus iongnadh.
Bha Peadar Mòr na shuidhe dìreach mu a coinneamh, ag èisteachd – mar a bha i fhèin – gu sàmhach agus gu cùramach. Bho àm gu àm ghnog e a cheann mar a bha e ag aontachadh leis na h-oileanaich eile.
'Fantastic, folks! Great responses there!' thuirt Pixie, mu dheireadh thall. 'I think we've got all we need from you! Now…' agus thionndaidh i a-rithist gu Màiri a bha fhathast na suidhe air cùlaibh a' bhùird-obrach '…what about a few comments from you, Màiri, just to round things off?'
Gu h-obann nochd an t-eagal a-rithist, thòisich a cridhe a' bualadh mar òrd agus a h-anail a' gluasad gu luath. Chunnaic i sùil bheag, ghrànda a' chamara a' tionndadh oirre, gun phriobadh, gun truas. Sheall i timcheall an t-seòmair, a' mothachadh gun robh a h-uile duine ga feitheamh, an aodannan làn dùil agus dòchais.
Ciamar a thòisicheas mi, smuainich i a-rithist agus cha robh sgeul a-nis na h-inntinn air Cnoc Iòrdain no oidichean no planaichean sam bith. Chuir i sùil air Peadar a bha fhathast na shuidhe gu socair, sàmhach anns an oisean air taobh thall an t-seòmair agus bha a mionach a' teannachadh leis an eagal. Rinn e gàire rithe.
'Màiri…?' bha Pixie fhathast a' feitheamh oirre.
'Eh… is it ok if I say something…?'
Thionndaidh a h-uile duine san t-seòmar a choimhead air an àite far an robh Peadar na shuidhe, agus mhothaich Màiri, le faochadh, gun robh an camara a-nis a' coimhead airesan.
An uair sin dh'innis am fear mòr diùid sin gun robh e na chleachdadh dha a bhith a' bruidhinn beagan Gàidhlig ris a' chloinn anns a' chlub às dèidh na sgoile, gach feasgar.

Rudan bunaiteach is sìmplidh mar, 'Tapadh leat' agus "'S e do bheatha!" 'Dè an t-ainm a th' ort?' agus 'Is mise...'

'Wow, fantastic, I'm glad we got that,' thuirt Pixie, a' coimhead air a h-uaireadair '...but, sorry to miss you out, Màiri, we're going to have to dash off now – got another job on the other side of town.'

Thionndaidh i chun a chlas, 'Thanks a lot, folks, that was brilliant!'

Nuair a chaidh an seòmar a sgioblachadh a-rithist, bha a' mhadainn seachad agus b' e àm dìnneir a bh' ann. Mus do dh'fhàg i an t-Ionad, chuidich Màiri le bhith a' bruthadh Seònaid is Tòmas sìos dhan t-seòmar-bìdh ann an cathraichean. Bha cuid de na h-oileanaich a' dol a-mach airson smoc agus cuid eile a' dol dhan t-seòmar-bìdh leotha fhèin. Bha iad uile toilichte air leth leis a' mhadainn 's a' bruidhinn gun stad mun fhiolm.

Nuair a chaidh Màiri a-mach chunnaic i Peadar a' coiseachd gu slaodach, sàmhach air an t-slighe a dh'obair.

'Tìoraidh an-dràsta, a Pheadair,' thuirt i, '...agus... tapadh leat.'

Rinn e fiamh a' ghàire, "'S e do bheatha, a Mhàiri.'

Agus thàinig e a-steach oirre nach robh a' mhadainn air a bhith idir cho dona 's a bha dùil aice.

7

Ag innse na Fìrinn

AIG MADAINN COFAIDH na h-eaglaise bha na stàilichean àbhaisteach uile ann. Bha bùird bheaga anns a' mheadhan, air an seatadh a-mach gu sgiobalta airson tì is cofaidh is bèicearachd, agus às dèidh rud beag no dhà a cheannach fhuair Ailean 's mi fhèin cupa cofaidh an sin. Cha do dh'ith mise bèicearachd idir ge-tà oir tha mi a' cumail sùil air mo chuideam – gu h-àraidh air sgàth 's nach eil mi a' faighinn mòran eacarsaich a-nis.

Às dèidh ar cofaidh chaidh sinn gu cùlaibh an talla far an robh bòrd beag eile leis fhèin ri taobh an dorais. Bha soidhne air a' bhòrd a' sanasachd 'Skills Auction' agus mu leth-dhusan pìos pàipeir a' tabhann sheirbhisean sònraichte mar ghàirnealaireachd ('Get ready for Summer!'), peantadh ('Need your woodwork touched up?') no bèicearachd ('Pavlova for a special occasion!'). Bha fiù 's cuideigin a' tabhann cuairt suas beinn ('Ever fancied climbing a Munro?'). Air gach duilleag bha liosta bheag ainmean agus suim airgid ri taobh gach ainm ach cha robh feum againne air seirbhisean mar sin agus ged a leugh sinn iad uile le ùidh, bha fios againn nach biodh sinn a' cur a-steach tairgse sam bith orra.

Ach stad sinn aig an duilleig mu dheireadh: '5 introductory Gaelic lessons. Why not learn about this fascinating and beautiful language?' Oh! Leasanan Gàidhlig. Sheall Ailean orm le fiamh-ghàire air a bhilean agus ceist na shùilean. Sheas sinn airson diog is an uair sin thug mi a-mach mo pheann is sgrìobh mi sìos m' ainm air an duilleig. Gheall mi £25.00 – £5.00 gach leasan. Cha bhiodh sin ro dhaor agus cha robh duine eile air an ainm a chur sìos. Rinn Ailean gàire agus ghabh e grèim air mo ghàirdean gus mo threòrachadh a-mach oir bha mo chasan a' tòiseachadh ri faireachdainn sgìth a-nis.

***

'Dotair NicAonghais... a Mhairead?'

Guth socair, modhail aig ceannard a' Women's Guild air a' fòn, 's i ag innse gun robh mi air a bhith soirbheachail anns an Skills Auction.

Tha e fhathast àraid dhomh a bhith a' cluinntinn an ainm sin, an sloinneadh agus an tiotal agam nach do chleachd mi o chionn deich bliadhna. Ach ged a leig mi dhìom mo dhreuchd nuair a phòs Ailean is mi fhèin saoilidh mi gu bheil mi fhathast nam dhotair – agus bhitheadh gu bràth tuilleadh. Tha mòran bhoireannach anns an sgìre seo a tha fhathast nas eòlaiche orm air sgàth m' obrach phroifeasanta co-dhiù.

''S e Wilma Stiùbhart a tha a' tabhann nan leasanan Gàidhlig. 'S dòcha gu bheil thu eòlach oirre bhon eaglais? Cuiridh i fòn thugad a dh'aithghearr, agus mòran taing airson a bhith cho fialaidh dhuinn, gura math a thèid leat.'

Cha robh mi eòlach air an Wilma a bha seo. Tha Ailean

is mi fhèin an-còmhnaidh nar suidhe aig fìor chùl na h-eaglaise, faisg air an doras far a bheil e nas fhasa dhomh a bhith a' falbh is a' tighinn, agus ged a tha na daoine càirdeil gu leòr dhuinn, bidh sinn daonnan ann an cabhag faighinn às aig deireadh na seirbheis mus tòisich càch ri tighinn a-mach.

B' ann air an ath oidhche a chuir Wilma Stiùbhairt fòn thugam. Dh'innis i gun robh dùil aice beagan briathrachais bhunaitich a dhèanamh agus dh'fhaighnich i cuideachd am bithinn-sa idir deònach òran no dhà ionnsachadh.

'Oh bhitheadh gu dearbh!' thuirt mi. 'Tha ùidh mhòr agam ann an ceòl agus bhiodh sin a' còrdadh rium gu mòr.'

'Chì mi thu Diardaoin sa tighinn, ma-tà!'

Chuir mi dheth am fòn agus dh'innis mi dha Ailean dè thuirt i.

'Oh nach math sin, a ghràidh!' thuirt e. 'Tha mi cinnteach gun dèan e mòran feum dhut agus, an do dh'innis thu dhi carson a tha thu airson Gàidhlig ionnsachadh?' Bha gleus dòchasach air a ghuth.

'Cha do dh'innis.'

Bha mi mothachail gun robh e a' feitheamh airson barrachd ach cha b' urrainn dhomh an seòrsa freagairt a bha e ag iarraidh a thoirt dha. 'S dòcha nach robh mi fhèin buileach cinnteach.

Cha robh mòran agam ri dhèanamh anns an eadar-ama ach cha do laigh an t-àm gu trom orm oir 's e boireannach foighidneach a th' annam. Carson nach bithinn foighidneach, às dèidh bhliadhnaichean ag obair fad uairean a thìde, oidhche 's a là ann an ospadalan no a' cumail nan clionaigean fada uabhasach ud far an robh iomadh seòrsa boireannaich a' tighinn thugam airson leigheas no uaireannan dìreach airson beagan comhairle is cluas thruacanta. Bhithinn daonnan a' feuchainn ri bith cothromach agus fìrinneach dhan a h-uile tè dhiubh cuideachd, ge b' e dè an suidheachadh. Ag innse na fìrinn dhaibh agus a' toirt misneachd dhaibh airson cothachadh leis na bha air thoiseach orra eadhon nuair a bha e gu sònraichte duilich.

Às dèidh beatha-obrach mar sin b' e fìor chaochladh a bh' ann nuair a leig mi dhìom mo dhreuchd. Nuair a phòs Ailean 's mi fhèin an toiseach bhithinn a' dèanamh an obair-taighe gu lèir – rud a bha na annas dhomh às dèidh ceathrad bliadhna 'g obair làn-ùine agus a' fuireach leam fhèin. Bhiodh esan daonnan deònach mo chuideachadh agus bhitheamaid ag obair le chèile anns a' ghàrradh cuideachd, taobh ri taobh, a' cladhach 's a' cur, no a' gearradh an fheòir. An dithis againn sgìth is sona aig deireadh gach là 's gun smuain againn mun àm ri teachd – dìreach mar iomadach cupall ùr-phòsta, ged a bha sinne fada nar meadhan-aois.

Cò shaoileadh gun rachadh deich bliadhna seachad cho clis? Bliadhnaichean a bha cho làn nan dòigh fhèin ris na bliadhnaichean a chuir mi seachad aig m' obair. Gu dearbha, chruthaich sinn beatha gu tur ùr le chèile – a' siubhal gu tric thall-thairis air saor-làithean fada mìorbhaileach agus a' ceannach bothan beag dhuinn fhèin ann an Uibhist far an robh sinn a' cur seachad pìos math den fhoghar. B' e mo mhiann-sa a bha sin agus bha Ailean deònach gu leòr mo thoileachadh oir bha deagh fhios aige mu thràth mun cheangal shònraichte a bh' agam ris na h-eileanan.

B' ann nuair a chaochail mo mhàthair 's mi fhathast anns an àrd-sgoil a thòisich mi fhèin is m' athair a' dol a dh'Innse Gall air bàtaichean-bathair a bha a' tabhann àiteachan airson luchd-siubhail air bòrd. B' e rud sònraichte a bh' ann a bhith a' siubhal a-mach à Cluaidh is a' stiùireadh cùrsa thairis air a' Chuan Sgìth far an cuala mi a' Ghàidhlig airson a' chiad uair bho bhilean nan seòladairean fhad 's a bha iad ag obair mun cuairt oirnn no uaireannan a' gabhail òran. 'S mathaid gun robh droch shìde ann – chan eil cuimhn' agamsa a-nis ach air seallaidhean mara, na h-eileanan a' nochdadh air fàire agus ceòl is cànan na Gàidhlig nam chluasan. Nuair a chaidh mi don oilthigh thòisich mi aig clasaichean-oidhche ann an Gàidhlig far an robh taoitear eireachdail òg Uibhisteach againn agus far an do dh'ionnsaich sinn iomadach òran a bharrachd air gràmar is briathrachas. Cha do chùm mi suas rithe nuair a thòisich mi ag obair ge-tà agus cha b' ann gus an do thòisich Ailean is mi fhèin a dhol a dh'Uibhist a chuala mi a-rithist i air bilean an t-sluaigh agus aig iomadach cèilidh.

Ach mean air mhean, thairis air na bliadhnaichean sona againn, thàinig caochladh air ar beatha. Tha an laigse air a bhith a' sìor-fhàs annam agus, na làithean sa, tha gàirnealair againn agus tè a bhios a' tighinn dà là san t-seachdain airson an obair-taighe a dhèanamh. Sguir na tursan thall-thairis o chionn fhada agus chaidh am bothan a reic trì bliadhna air ais. Mar sin, nach eil e fortanach gu bheil an dachaigh a chruthaich sinn le chèile fhathast cho tlachdmhor soilleir – gu h-àraidh 's mi a' cur seachad fada a bharrachd ùine innte a-nis? Bidh solas na grèine a' dòrtadh a-steach tro na h-uinneagan mòra agus a' bualadh air na h-ùrlaran fiodha agus a' phiàna mhòr ghleansach anns an t-seòmar-suidhe. Tha oifis bheag againn cuideachd far as urrainn do Ailean obair air an rannsachadh aige ach 's ann aig cùl an taighe a tha na seallaidhean as bòidhche: thairis air Linne Chluaidh gu beanntan Eilein Arainn agus a-mach dhan iar gu Creag

Ealasaid. Tha còmhdach-bùird de chenille trom donn air an t-seann bhòrd agus tha dealbhan sepia le frèamaichean airgid air an sgeilp – m' athair 's mo mhàthair air an là-pòsaidh, mo sheanair le feusag mholach fhada air. Tha mo mhàthair a' coimhead cho bòidheach, ròsan na làmhan is fiamh-ghàire air a bilean, m' athair ri a taobh cho dìreach is cho moiteil. Cha robh sgeul an là sin air a' ghalar a thàinig oirre agus a chuir na cathair-cuibhle i mus robh i dà fhichead bliadhna dh'aois. Tha an dealbh a chaidh a thogail air an là-ceumnachaidh agam ann cuideachd ach tha am fear a chaidh a thogail air an là a phòs Ailean is mi fhèin shuas an staidhre, ri taobh ar leapa. Ged a tha an saoghal againn a' crìonadh beag air bheag tha an dàimh a chruthaich sinn le chèile thairis air na bliadhnaichean cho teann is a bha e a-riamh. Iongantach, ma-thà, nach eil sinn fhathast a' smaoineachadh mòran mun àm ri teachd.

**

A-nis 's e feasgar Diardaoin agus là a' chiad leasain a th' ann. Tha mi a' feitheamh air Wilma, fàileadh brèagha iarnaigidh air feadh an taighe agus gathan grèine a' sìor-dhòrtadh tro na h-uinneagan agus a' boillsgeadh air an àirneis ghleansaich. Mar as àbhaist dhomh, tha mi nam shuidhe aig a' bhòrd anns an t-seòmar-bìdh, fo shùilean m' athar, mo làmhan paisgte ri chèile air a' bhrat chenille dorcha-donn. Tha Ailean san oifis bheag, a' feadaireachd ris fhèin.

Dà uair feasgar, an glag a' seirm agus tha mi a' coiseachd gu slaodach chun an dorais.

'Hello, I'm Wilma… Halò, is mise Wilma.'

'Feasgar math, Wilma.'
'Oh, a bheil Gàidhlig agad?'
'Beagan.'
Tha falt glè ghoirid air Wilma, a' laighe gu dlùth ri a ceann agus tha coltas oirre mar eun bior-shùileach beag. Anns an t-seòmar-bìdh tha i a' moladh an t-seallaidh agus a' nochdadh spèis anns na seann dhealbhan. An uair sin tha an leasan a' tòiseachadh agus tha mi ag aithneachadh sa bhad gu bheil i ag èisteachd gu dlùth rium agus gu bheil solas coibhneil anns na sùilean biorach sin. Fo a stiùir tha fuaimneachadh agus briathrachas na Gàidhlig a' tighinn air ais thugam gun duilgheadas agus tha cùisean a' dol fior mhath.

Às dèidh leth-uair a thìde tha Ailean a' toirt cupa teatha dhuinn agus tha àm againn a-nis airson beagan bleidearachd. Tha mi ag innse dhi mun eachdraidh agam fhèin, na clasaichean Gàidhlig, na saor-làithean, na bhòidsean. Tha iadsan a' cur an uabhas iongnaidh oirre oir chan eil i air cluinntinn mun leithid riamh. Agus tha i a' moladh na Gàidhlig a tha fhathast agam agus gam bhrosnachadh a dhol gu clasaichean-oidhche anns an sgìre seo fhèin. Tha i cho snog agus brosnachail 's i a' coimhead orm cho coibhneil agus ag èisteachd rium cho foighidneach. Dìreach aig an dearbh àm ud tha e a' tighinn thugam gun urrainn dhomh rud sam bith a thogras mi a dhèanamh a dh'aindeoin a h-uile laigse is duilgheadas.

Tha mi ag innse dhi nach biodh e cho furasta dhomh oir nach urrainn dhomh dràibheadh a-nis agus nach b' urrainn dhomh suidhe ann an clas airson dà uair a thìde – ged a chòrdadh e gu mòr rium a bhith ag ionnsachadh a-rithist am measg luchd-ionnsachaidh eile. Ach 's dòcha... agus an uair sin tha mi a' gealltainn dhi gun smaoinich mi ma dheidhinn. Às dèidh ar tì, tha sinn a' seinn 'Brochan Lom', air a bheil mi gu math eòlach bho na làithean a dh'fhalbh agus tha e còrdadh rium glan a bhith a' seinn nam facal sìmplidh gòrach sin còmhla ri Wilma. Tha mi ag innse dhi gun robh mi daonnan measail air ceòl – gu h-àraidh òrain Ghàidhlig is ceòl Gàidhealach – ged nach eil an neart a b' àbhaist a bhith agam nam làmhan a-nis airson a bhith gan cluich air a' phiàna.

'Saoil a bheil faclan 'Teann a-nall is thoir dhomh do làmh' agad, Wilma? Bu toil leam sin a chluinntinn a-rithist.'

'Oh, tha gu dearbh,' tha i a' freagairt. 'Bheir mi leam e an ath-thuras.'

Agus mar sin, gu nàdarra, tha sinn a' cur an ath-leasan air dòigh. Ann an seachdain.

Tha Ailean a' tighinn a-mach às an oifis nuair a tha Wilma a' falbh agus tha an triùir againn a' bruidhinn gu h-aotrom, fealla-dhà is gàireachdaich eadarainn.

'Tìoraidh!' tha Wilma a' smèideadh a làimhe rinn 's i a' dol a-steach dhan a' chàr aice. 'Agus bidh 'Teann a-nall' agam an ath thrup!'

Ann an sàmhchair an taighe tha Ailean 's mi fhèin a' suidhe còmhla anns an t-seòmar-bìdh agus tha e a' coimhead orm gu sona.

'Tha mi a' faicinn gun deach cùisean gu math. 'S e boireannach beag snog dhà-rìribh a tha sin. Thug i misneachd is spionnadh dhut agus bha e cho math do ghuth a chluinntinn a-rithist a' seinn.'

'Gun teagamh,' tha mi ag ràdh ris. 'Ach cò aig a tha fios dè cho fad 's a mhaireas sin? Tha mo neart a' crìonadh gach là. A bheil fhios agad gun do dh'iarr i orm smaoineachadh mu chlasaichean-oidhche cunbhalach cuideachd? Agus, leis an fhìrinn innse, dìreach airson diog no dhà bha mi a' creidsinn gum b' urrainn dhomh sin a dhèanamh!'

Tha Ailean a' teannadh dlùth orm 's e a' gabhail grèim air mo làimh, agus a' coimhead gu dìreach na mo shùilean.

'Leis an fhìrinn innse,' tha e ag ràdh, 'feumaidh sinn bruidhinn gu ceart a-nis.'

8

Còirichean Bhoireannach

'HI ANNAG! AM faod mi bruidhinn ris a' 'Bhirthday Girl'?'
'Am Birthday Girl? Hmh! **Ise**! Tha mi duilich, Flo, ach chan fhaod. Tha i shuas an staidhre san t-seòmar-cadail agus chan fhaod i a fòn-làimhe a chleachdadh an-dràsta.'
Mhothaich Flo gun robh guth a peathar air chrith le fearg agus gun robh i faisg air caoineadh.
'Annag, dè fo shealbh a tha a' tachairt? Dh'fheuch mi fòn a chur thuice cho luath 's a thàinig mi dhachaigh bho m' obair ach cha d' fhuair mi dad. Dh'fhàg mi teachdaireachd dhi sa mhadainn cuideachd – saoil an d' fhuair i e?'
'Chan eil c..c..àil a dh'fhios agam, Flo.'
Bha briseadh na guth a-nis nach robh Flo a' tuigsinn idir. Gu dearbha bha an suidheachadh gu math annasach oir mar a b' àbhaist bhiodh Lucy, nighean a peathar, a' freagairt theachdaireachdan fòn-làimhe ann an diog – is gu h-àraidh air là sònraichte mar seo.
Bha Flo a-riamh measail oirre, agus thairis air na bliadhnaichean bha càirdeas dlùth air fàs eatorra. B' e nighean laghach, chomasach a bh' innte, an aon phàiste aig Annag is Don. Caileag chiallach, shnog, math air leasanan-sgoile, na tidsear anns an sgoil Shàbaid. Cha robh Flo

a' fuireach ro fhada air falbh bhuaipe na bu mhotha agus fhad 's a bha Lucy a' fàs suas bha iomadach cothrom ann dhi a bhith na pàirt de a beatha. Cha chreideadh i a-nis cho luath 's a bha na bliadhnaichean sin air a dhol seachad agus gun robh Lucy air a' bhliadhna mu dheireadh san àrd-sgoil a ruighinn – ged a bha i gu math mothachail gun robh nighean a peathar a' fàs na boireannach òg beothail le beachdan làidir.

Uaireannan bha amharas aice nach robh a piuthar no an duine aice a cheart cho mothachail.

'So…, carson nach fhaod i a fòn a chleachdadh?' dh'fhaighnich i, fo imcheist.

'Meadhanan sòisealta na mallachd! Tha mi daonnan air a bhith smaoineachadh gun tigeadh uallach is trioblaid asta uaireigin!'

'Meadhanan sòisealta? Dè mu dheidhinn mheadhanan sòisealta?'

Bha Flo fhèin gu math eòlach air meadhanan sòisealta. Carson nach bitheadh is i ag obair aig colaiste far an robh fon-làimhe aig a h-uile oileanach – agus iad nam pàirt chudromach den obair aicese cuideachd.

'Fuirich gus an innis mu dhut, Flo! Chaidh mi a-steach dhan t-seòmar aice Dimàirt le cnap mòr nigheadaireachd glan airson a chur air falbh dhi agus dè fhuair mi ach…'

Stad Annag airson diog, mar gun robh i a' lorg misneachd airson an còrr innse. Thàinig dealbh an inntinn Flo air an t-seòmar àlainn sin – a bha fhathast coltach ri seòmar nighinn fada na b' òige na seachd bliadhna deug – anabarrach sgiobalta le pàipear pinc is geal, deasc san oisean is teadaidh na laighe air an leabaidh.

'Aidh, Annag, dè fhuair thu…?'

'Am broinn a' wardrobe bha baga-spòrs nach robh mi 'g aithneachadh. Baga snog, p... p... inc...' thòisich guth Annag a' briseadh a-rithist. 'Agus a bheil fhios agad dè bha na bhroinn, Flo? Aodach cho uabhasach 's a chunnaic mi riamh...'

'Aodach?'

'Aidh, aodach grànda, neònach! Rudan air an dèanamh a-mach à rubair is leathar, stocainnean fishnet – 's iad làn thuill cuideachd – is brògan àrda, dearga – dìreach sgriosail, Flo!'

'An ann airson pàrtaidh fancy-dress a bha iad?'

'Partaidh fancy-dress? Oh chan ann! A bheil fhios agad dè thuirt i nuair a dh'fhaighnich mi dhith mun deidhinn?'

Is an sin, dhòirt a h-uile rud a-mach ann an cabhag – gun robh dùil aig Lucy an t-aodach sin a chur oirre airson a dhol air caismeachd-strì, ann am meadhan Ghlaschu, còmhla ri a caraidean-sgoile. Caismeachd a chaidh a chur air dòigh air feadh na dùthcha air fad air na meadhanan sòisealta, o chionns gun robh fear-poileis ainmeil ann an Aimeireaga air a ràdh nach bu chòir do bhoireannaich òga aodach seagsaidh a chur orra, aig àm sam bith, air eagal gun rachadh an sgriosadh. B' e an 'Slut Walk' an t-ainm oifigeil a bh' air agus na boireannaich òga a bha a' gabhail pàirt ann a' dèanamh a-mach gur ann acasan a bu chòir an roghainn a bhith mu dè seòrsa aodaich a chuireadh iad orra.

A rèir Annag, chan e dìreach gun robh Lucy cho deònach pàirt a ghabhail ann an rud a bha cho uabhasach – 'Slut Walk! Smaoinich! Agus ise na tidsear sgoil Shàbaid, Flo!' – ach gun robh i air a bhith cho cealgach agus mì-mhodhail ma dheidhinn, fiù 's ri a h-athair – duine sàmhach, socair a bha air a bhith daonnan cho foighidneach rithe.

"S chan eil i aithreachail is chan eil nàire sam bith oirre nas motha! Tha i a' cumail a-mach gu bheil i aosta gu leòr airson na co-dhùnaidhean aice fhèin a dhèanamh a-thaobh aodach agus caraidean agus na meadhanan sòisealta… Dè tha a' tachairt dhi, Flo? Nach do rinn mise is Don ar dìcheall a h-àrach cho ceart 's a b' urrainn dhuinn? Càit an deach sinn ceàrr? 'S dòcha nach robh sinn cruaidh gu leòr oirre?

'Uill tha i grounded a-nis, gus am bi a' chaismeachd seachad. Agus cha bhi i a' cleachdadh fòn-làimhe no coimpiutar nas motha!'

Às dèidh an stòraidh shlàn innse dh'fhàs guth Annaig beagan na bu shocaire, ged a bha e gu math follaiseach do Flo nach robh pàrantan Lucy a' tuigsinn idir dè bha a' tachairt dhan an nighinn shnoig, mhodhail aca.

'…ach, bidh sinn a' gabhail dìnnear bheag shàmhach còmhla ri chèile aig an taigh a-nochd, ma tha thu ag iarraidh a thighinn, Flo.'

'Tha mi duilich, Annag, chan urrainn dhomh. Cuimhnich, is i seo an oidhche a bhios mi a' teagasg clas-oidhche. Bha mi dìreach airson 'Happy Birthday' a chantainn rithe – agus faighinn a-mach an d' fhuair i an t-airgead a chuir mi thuice.'

'Oh fhuair, gu dearbha, agus 's i bha taingeil. Fuirich agus iarraidh mi oirre teacsa a chur thugad an-dràsta, ged nach bi i a' cur teachdaireachd do dhuine sam bith eile!'

Ann an ùine ghoirid nochd teachdaireachd mhodhail, thaingeil ach mhothaich Flo sa bhad nach robh na h-emojis aighearach àbhaisteach na cois agus nuair a chuir i dheth am fòn, bha goirteas na cridhe mun dòigh a fhuair Annag is Don a-mach gun robh an nighean bheag air fàs na boireannach òg neo-eisimeileach. Bha amharas aig Flo cuideachd gun robh am peanasachadh a chur iad oirre ro

chruaidh agus nach dèanadh e feum sam bith.
 Co-dhiù, ged a bha Lucy air rud caran gòrach a dhèanamh bha Flo cinnteach gun robh i fhathast na caileag chiallach na cridhe. An ath-là, chuir i fòn a-rithist gu Annag agus thug i cuireadh do Lucy a thighinn dhan taigh aice fhèin oidhche Shathairne. Ged a bha a piuthar caran teagmhach an toiseach, às dèidh beagan comhairle bho Don, dh'aontaich i.

'A dh'innse na fìrinn, Flo, tha faireachdainn ghrànda san taigh an-dràsta. Tha feum againn uile air beagan faochaidh!'

Thàinig Lucy oidhche Shathairne mu shia uairean feasgar is coltas gu math sàmhach oirre. Às dèidh leth-uair a thìde ge-tà, thàinig piseach air cùisean oir bha Flo is Lucy air a bhith daonnan dlùth, agus mu sheachd uairean bha iad ag ullachadh airson suidhe còmhla air beulaibh an teili, airson DVD agus take-away Innseanach, gun ghuth idir air na thachair na bu thràithe air an t-seachdain. Cha robh mòran rùim air a' bhòrd-cofaidh airson nan truinnsearan is nan glainneachan *Irn Bru* is e làn phàipearan, junk-mail agus stuth-obrach Flo. Mus do thòisich iad ag ithe dh'iarr i air Lucy am bòrd a sgioblachadh agus chuir ise na pàipearan ri chèile ann an cnap mòr.

'Dè nì mi leis an junk-mail seo, Antaidh Flo?'

'Oh, cuir an sgudal sin sa bhin, agus tòisich air do bhiadh, tha e a' fàs fuar!' thuirt Flo le gàire.

Nuair a thàinig Lucy air ais bhon bhin, bha cèiseag na làimh.

'Dè tha seo?' dh'fhaighnich i. 'An e carthannas air choireigin a th' ann?'

Sheall Flo air a' chèiseig agus mhothaich i sa bhad gur e litir à buidheann charthannais ann an Afraga a bh' ann – carthannas dhan robh i fhèin a' toirt airgead gu cunbhalach.

Ospadal sònraichte do bhoireannaich a chaidh a leòn a' breith leanabh.

Thug i a' chèiseag bho Lucy, 'Mòran taing,' thuirt i. 'Chan e sgudal a tha sin idir.'

'S an sin, fhad 's a bha iad ag ithe còmhla, dh'innis i do Lucy mun charthannas agus Ospadal Fistula ann an Addis Ababa far an robh iad a' dèanamh obair shònraichte math am measg cuid de na boireannaich as bochda ann an Afraga. Dh'innis i mu na 'fistulas' – na leòntan sgriosail a bha boireannaich a' fulang às dèidh a bhith ag aiseag pàiste fad làithean, agus mu na boireannaich a bha a' coiseachd nam mìltean airson an t-ospadal a ruighinn. Mhìnich i gun robh an t-airgead a bha i fhèin a' toirt dhaibh a' cuideachadh le leigheas agus aig a' cheann thall bha cha mhòr a h-uile tè a' dol dhachaigh slàn fallainn.

Dh'èist Lucy gu dlùth agus an uair sin dh'fhaighnich i ceistean smaoineachail, ciallach mun ospadal. '…agus, Antaidh Flo, carson nach eil casg-breith ri fhaighinn? Carson a tha na leòntan uabhasach sin fhathast a' tachairt?'

Fhreagair Flo na ceistean gu foighidneach, cho math 's a b' urrainn dhi, oir bha deagh fhios aicese nach e suidheachadh sìmplidh a bh' ann agus gun robh poilitigs is adhbharan sòisealta a' toirt buaidh air cuideachd.

'Cuimhnich, Lucy,' thuirt i, 'aig a cheann thall, chan eil roghainn aig boireannaich bhochda mar sin. Tha iad a' pòsadh glè òg ann an sgìrean iomallach far nach eil dotairean no mnathan-glùine sa choimhearsnachd mar a th' againn an seo.'

Chaidh an còrr den fheasgar seachad gu math agus iad a' coimhead DVDs còmhla. Nuair a thàinig Don aig 11.00 thug Lucy pòg do Flo, is thuirt i, 'Tapadh leat, Antaidh Flo, chòrd an oidhche rium glan!'

Nuair a chaidh Flo dhan leabaidh bha i a' faireachdainn beagan na bu dhòchasaiche mu chùisean eadar Lucy agus a pàrantan agus cha robh i fada ceàrr, oir an ath-là fhuair i teacsa bheag shnog, Taing mhòr, Anti F! ☺ agus bha deagh fhios aice gun robh a h-uile rud ceart gu leòr a-rithist.

* * *

'Flo, ceud taing airson na rinn thu do Lucy oidhche Shathairne!'

'Mise? DVD is take-away Innseanach, sin uile!'

'Ach nach do dh'innis thu dhi mu charthannas air choireigin? Ospadal ann an Afraga?'

'Uill, bha sinn a' bruidhinn mu dheidhinn, ceart gu leòr. Lorg Lucy litir mu dheidhinn am measg an sgudail.'

'Fuirich gus an innis mise seo dhut, Flo! Nuair a thug Don is mise cead dhi a dhol air ais air-loidhne, lorg i fiosrachadh a bharrachd ma dheidhinn agus an uair sin chuir i an t-airgead gu lèir a fhuair i airson a co-là-breith thuca! Abair iongnadh, às dèidh an dol a-mach uabhasach eile aice! Tha sinn gu math pròiseil aiste. 'S dòcha gun robh sinn ro chruaidh oirre... ach mòran taing a rithist, Flo, airson na rinn thusa!'

Rinn Flo fiamh-ghàire, 'Cha do rinn mise mìr, Annag. B' e an roghainn aice fhèin a bh' ann.'

9

Reòiteag Ghorm

TRÀTH SA BHLIADHNA agus fhathast fuar. Cianail fuar. Mus do thòisich an turas, b' fheudar do dh'Eòin an reothadh a sgrìobadh bho uinneagan a' chàir, anail a' sruthladh mar cheò anns an adhar mun cuairt air, agus nuair a thàinig Irene a-mach às an taigh, bha a còta a bu bhlàithe oirre. A' dràibheadh a-steach dhan a' bhaile, chùm Eòin sùil air trafaig na maidne, ged nach robh i cho trang ris an àbhaist air sgàth 's gur e là 'in-sheirbheis' nan sgoiltean a bh' ann. Ri a thaobh, shuidh Irene na tost, 's i a' coimhead a-mach air an uinneig.

Aig taigh Lisa bha a h-uile rud air a chur air dòigh dhaibh airson an là. Dà bhack-pack beag nan laighe anns an trannsa is aon dhiubh làn le picnic nam balach – ceapairean hama, measan, aran-coirce, agus sùgh gun siùcar. Am fear eile airson a thoirt gu flat Dhadaidh aig deireadh an là, le pjs, teadaidhean, bruisean-fhiaclan agus drathaisean glana na bhroinn.

Bha an taigh sgiobalta agus gleansach glan, agus Lisa fhèin a' coimhead gu math spaideil is i deiseil airson a dhol a-mach gu h-obair. Sàilean àrda is lipstick oirre. Air a' chouch, bha na balaich a' coimhead 'Danger Mouse' air an T.Bh.

'Nise, bidh a h-uile rud a dh'fheumas sibh anns na bagaichean sin,' thuirt i riutha, gàire soilleir mu a bilean. 'Tha min dòchas gum bi biadh gu leòr ann do Sheumas, tha e daonnan cho acrach! Cuimhnichibh cuideachd nach eil e math cus siùcair a thoirt dhaibh, bidh iad a' fàs ro bheothail, ged a tha fhios a'm gur e là-saor a th' ann agus 's dòcha gum bi sibh a' ceannach shuiteis dhaibh. Tha mi cinnteach gum bi bùth bheag aig Ionad nan Lochlannach. Tha aig Seumas ri long bheag Lochlannach a thogail aig an taigh airson pròiseact na sgoile, agus saoilidh mi gum faigh sibh steigearan ann airson a sgeadachadh. 'S dòcha gun tog sibh dealbh no dhà cuideachd – bhiodh sin gu math feumail dha!'

Bha na balaich fhathast beò-ghlacte leis an teili, Seumas ann am pjs Pokémon agus a bhràthair beag, Eàrdsaidh, dlùth ri a thaobh. Chaidh Lisa a-null chun a' chouch, 'Ok,' thuirt i, 'sin mise a' falbh ma-tà. Tha min dòchas gum bi sibh modhail son Nanaidh is Papa. Chì mi a-màireach sibh.'

Thug i pòg mhòr dhan dithis aca. Chuir Eàrdsaidh beag a ghàirdeanan teann mu a h-amhaich ach cha do thog Seumas a shùilean bho na h-ìomhaighean priobach, dathach air sgrion na T.Bh. Shuidh Eòin sìos rin taobh agus chaidh Irene a-mach dhan trannsa còmhla ri Lisa.

'Ciamar a tha cùisean a' dol leibh?' dh'fhaighnich Irene gu sàmhach.

'Uill, bha an t-seachdain sa beagan na b' fheàrr ach chan eil Seumas fhathast a' faighinn cleachdte ris an t-suidheachadh, ged a tha na tidsearan aig an sgoil gu math tuigseach agus tha sinn uile a' dèanamh ar dìchill rudan a chumail cho àbhaisteach 's as urrainn dhuinn. Tha fhios agad nach robh e riamh toilichte le cùisean a bhith a-mach às an àbhaist, agus a-nis bidh e a' fàs cho feargach agus, tric, cho brònach cuideachd.'

Rinn i osna agus chrath i a guailnean. 'Co-dhiù, tha a bhràthair beag sona gu leòr a bhith a' fuireach eadar dà thaigh…'

Bhean Irene ri a gàirdean, 'Cuimhnich,' thuirt i, 'ma tha dad sam bith eile as urrainn dhuinn a dhèanamh dhuibh…'

Cha do sheall a nighean-chèile rithe ach thuirt i, 'An cuir sibh teacsa thugam uaireigin tron là a dh'innse ciamar a tha sibh a' faighinn air adhart, Irene?'

'Nì mi sin gu dearbha, agus ma smaoinicheas tu air mìr sam bith eile…'

Ach cha tuirt Lisa facal a bharrachd. Dhùin i an doras agus bha i air falbh.

Air ais anns an t-seòmar-suidhe, bha Eòin is Eàrdsaidh nan suidhe gu sona taobh ri taobh air a' chouch ach bha Seumas a-nis na sheasamh aig an uinneig a' coimhead a-mach air a mhàthair 's i a' coiseachd sìos an rathad. Thionndaidh e ri Irene, a shùilean làn deòir agus èiginn na ghuth,

'Chan fhaic mi Mamaidh airson dà là a-nis!'

Chaidh i thuige agus phaisg i e na gàirdeanan.

Nas fhaide air adhart, anns a' bhaile ri taobh na mara, phàirc Eòin an càr aig Ionad nan Lochlannach. Cha robh Seumas air socrachadh ceart gus an do ràinig iad am motorway, is e air a bhith a' fàs feargach is a' diùltadh aodach a chur air, a' rànail nach robh e ag iarraidh a dhol a-mach còmhla riutha agus gun robh esan dol a dh'fhuireach aig an taigh gus an tilleadh a mhàthair aig deireadh an là. Mu dheireadh thall, gu daingeann agus gu foighidneach, bha iad air a thoirt air deisealachadh a dhèanamh, ged a chaidh e a-steach don chàr fhathast a' caoineadh gu sàmhach ris fhèin. Thàinig na balaich a-mach às a' chàr ag èigheach agus ag argamaid, an guthan a cheart cho coltach ri sgreuchail nam faoileagan gu h-àird os an cionn. Ged a bha a' ghrian a' deàrrsadh gu soilleir a-nis, bha binnein Eilean Arainn ag èirigh às a' mhuir, 's iad còmhdaichte le sneachd mar fhiaclan borba biorach. Air an fheur air beulaibh an Ionaid, bha modail luing mhòir Lochlannaich agus ruith na balaich ga h-ionnsaigh. Gu dìcheallach, thog Eòin dealbhan dhith, an fheadhainn bheaga nan seasamh ri a taobh, agus an uair sin chaidh iad uile suas chun an dorais.

B' e Seumas a mhothaich dhan t-soidhne oifigeil an toiseach, 'Dùinte chun na Càisge,' leugh e a-mach.

'Oh!'

Thòisich a bhilean a' crith agus lìon a shùilean le deòir a-rithist. Ach, aig a' cheart àm, mhothaich Eòin gun robh oifis turasachd a' bhaile air taobh thall an rathaid, 'Niste, seall an sin,' thuirt e gu coibhneil. 'Tha mi cinnteach gum bi fiosrachadh mu na Lochlannaich ann agus saoilidh mi gum bi bùth air choireigin ann cuideachd!'

Ghabh Irene is Eòin grèim air làmhan nam balach airson a dhol tarsainn an rathaid, agus cho luath 's a fhuair iad a-steach, chunnaic iad na clogaidean is na claidheamhan is na làmhagan Lochlannach a bha gan reic. Cha robh guth a-nis air an Ionad Lochlannach oifigeil air taobh thall an rathaid. Cheannaich Eòin claidheamh do Sheumas is làmhag do dh'Eàrdsaidh, agus an uair sin chaidh an ceathrar aca sìos don tràigh far an do thòisich na balaich ri sabaid gu sona.

'Is mise Magnus, Nanaidh!' thuirt Seumas is e a' smèideadh a chlaidheimh san adhar. ''S e fìor ainm

Lochlannach a tha sin!'

'Dè mum dheidhinn-sa?' dh'èigh Eàrdsaidh, a' leigeil air gun robh e a' sgoltadh cas a bhràthar dheth.

''S tusa Odin!' dh'èigh Seumas. 'Sin ainm fear de na diathan Lochlannach!'

Bha cabhsair leathann a' sìneadh a-mach ri taobh na tràghad agus lean na balaich orra fhathast a' sabaid fhad 's a bha iad a' coiseachd a dh'ionnsaigh nam bùthan agus nan cafaidhean air oir a' bhaile.

'Cà' bheil sinn a' dol a-nis?' dh'fhaighnich Seumas, a ghruaidhean a' fàs pinc leis a' ghaoith.

'Uill,' thuirt Irene, 'saoilidh mi gun tèid sinn don chafaidh bheag far an d' fhuair sinn na reòiteagan as t-samhradh.'

'Am bi e fosgailte, Nanaidh?' Bha a ghuth caran teagmhach.

'Na gabh dragh, 'eudail,' fhreagair i, 'tha an cafaidh sin daonnan fosgailte.'

Anns a' chafaidh bheag, chaidh na balaich dìreach suas chun a' chunntair far an robh iomadh seòrsa reòiteig ri fhaighinn – iomadh blas, iomadh dath. Leugh Seumas a-mach na h-ainmean air na tubaichean aon ma seach.

'Mint Choc Chip.'

'Irn Bru.'

'Cofaidh is Walnut.'

'Sùbh-làir.'

'Vanilla…'

Aig a' cheann bha tuba làn reòiteig shoilleir ghuirm.

'Bubble Gum,' leugh Seumas a-mach. 'Oh, Nanaidh, sin tha mise a' dol a ghabhail!'

Choimhead Irene sìos air an aodann bheag dhòchasach ri a taobh. 'Ceart gu leòr,' thuirt i, 'Bubble Gum ma-thà!

Reòiteag ghorm – carson nach bitheadh!'
Chaidh an ceathrar aca gu bòrd anns an oisean agus chuir Eòin innealan-cogaidh nam balach fodha. Nuair a thàinig an tè-fhrithealaidh dh'òrdaich Irene reòiteag Bubble Gum do Sheumas is tè shùbh-làir do dh'Eàrdsaidh, còmhla ri cupannan cofaidh do dh'Eòin is dhi fhèin. Thàinig na reòiteagan ann an truinnsearan glainne, air an sgeadachadh le sprinkles is pìosan teòclaid.
'Wow! Mòran taing!' Bha Eàrdsaidh beag air a dhòigh glan le reòiteag shùbh-làir. 'Papa, a bheil thu 'g iarraidh blasad?'
Ghabh Eòin spàinn bheag de reòiteag shùbh-làir. 'Mmm hmm,' thuirt e, 'Iomlan! Dè mu dheidhinn blasad do Nanaidh cuideachd?'
Bha Seumas air a bhith 'g ithe na reòiteig Bubble Gum gu slaodach, gun fhacal, ach sguir e a-nis, 'Bheir mise blasad do Nanaidh!' thuirt e, agus thug e spàinn làn reòiteig ghuirm do Irene.
'A bheil e a' còrdadh riut, Nanaidh? Nach eil e àlainn? A bheil thu ag iarraidh tuilleadh?'
Lìon a beul le blas fuadain, ro-mhilis. 'Dìreach àlainn fhèin, 'eudail!' thuirt i. 'Ach 's e an reòiteag agadsa a th' ann. Nach ith thu fhèin an còrr?'
Chuir Eòin is Irene crìoch air a' chofaidh agus nuair nach robh ach sprinkle no dhà air fhàgail air truinnsearan nam balach, thog iad an claidheamh agus an làmhag bhon ùrlar. Dh'fhàg iad blàths a' chafaidh bhig agus chaidh iad a-mach far an robh a' ghaoth fhuar a' sèideadh bhon a' mhuir agus na sgòthan dorcha a' cruinneachadh os cionn nam beanntan. Air ais aig an tràigh, chaidh Eàrdsaidh sìos don mhuir còmhla ri Eòin, a lorg chlachan freagarrach airson a thilgeil

dhan uisge. Bha Seumas fhathast a' smèideadh a chlaidheimh agus a' ruith air beulaibh Irene air a' chabhsair. Gu h-obann, stad e 's e a' coimhead a-mach thairis air a' mhuir, a làmh a' sgàileadh a shùilean bhon a' ghrèin.

'Seall, Nanaidh! Nach faic thu na Lochlannaich a' tighinn gu tìr! Trì longan mòra dhiubh!'

Choimhead i a-mach thairis air uisge fuar Linne Chluaidh, far an robh na tonnan liath a' gluasad gu gruamach. Cha robh càil ri fhaicinn ach bàtaichean-siùil mòra a' dèanamh an slighe mu thimcheall sròin Eilean Arainn ach thòisich i ri ruith còmhla ris sìos don mhuir ag èigheach, 'Ceart gu leòr, sin iad a' tighinn dha-rìribh! Nach bu chòir claidheamh a bhith agamsa cuideachd?'

Chrom Seumas sìos agus thog e pìos fiodha fada a bha na laighe am measg clachan a' chladaich.

'Gabh seo, Nanaidh! Nì e claidheamh math dhut.'

Ruith an dithis aca sìos chun na mara, na claidheamhan nan làmhan, agus thòisich iad a' leigeil orra gun robh iad a' sabaid ri na nàimhdean do-fhaicsinneach a bha a' tighinn gu tìr.

'Tha thu air sianar dhiubh a mharbhadh, Nanaidh. 'S math a rinn thu. Tha mise a' dol a dh'fheuchainn ri ceann a' cheannaird a sgoltadh dheth a-nis!'

Rinn Seumas cuairteag le chlaidheamh agus leig e èigh mhòr às, 'Champ-i-on-e! Tha e marbh, agus seall, tha càch a' ruith air ais gu na longan.'

Thàinig Eòin is Eàrdsaidh far an robh Seumas is Irene nan seasamh aig oir na mara. Bha coltas sgìth air an fhear bheag agus bha Eòin a' giùlan na làmhaig.

''S mathaid gun dèan beagan bìdh feum dhuibh,' thuirt e. 'Bidh sabaid ri Lochlannaich gur fàgail gu math acrach!'

Chaidh iad air ais dhan a' chàr, far an do shuidh na balaich gu sàmhach anns a' chùl ag ithe cheapairean hama agus ag òl sùgh-orains. Chuir Eòin na h-innealan-cogaidh dhan a' bhoot còmhla ris a' phìos fiodha fhada, agus an uair sin shuidh e sìos ri taobh Irene.

'Am bi sinn a' dol gu taigh Dhadaidh a-nis?' dh'fhaighnich Seumas. 'Tha mi airson mo chlaidheamh a shealltainn dha.'

'Tha 's an làmhag agamsa!' bha Eàrdsaidh fhathast a' cur crìoch air ubhal 's e a' bruidhinn le bheul làn.

'Oh, bidh Dadaidh fhathast ag obair. Feumaidh sinn a dhol chun an taighe againne an toiseach,' thuirt Eòin.

'Am faod sinn cluich leis an Lego an sin?'

'Faodaidh gu dearbha!'

Nuair a chrìochnaich na balaich am biadh, chuir Irene teacsa gu Lisa ag innse gun robh madainn shona air a bhith aca agus gun robh na balaich air a bhith gu math modhail. A' dràibheadh dhachaigh air rathad a' chosta, bha na sgòthan dorcha a' sìor-fhàs na bu dlùithe ach cha do mhothaich Eàrdsaidh oir thuit e na shuain cadail cho luath 's a dh'fhàg iad am baile. Shuidh Seumas gu sàmhach a' coimhead a-mach air an uinneig.

Air ais aig an taigh, chuir na balaich crìoch air na bha air fhàgail den phicnic, agus an uair sin chaidh Eòin suas an staidhre agus thug e sìos bogsa mòr Lego – Lego a chaidh a chruinneachadh thairis air mòran bhliadhnachan. Sgaoil na balaich a h-uile pìos a-mach air an ùrlar agus thòisich iad air soitheach-fànais mòr a thogail asta. Dh'obraich iad còmhla gu sàmhach airson leth-uair a thìde gus an tàinig an t-àm airson a dhol air ais dhan a' chàr.

Bha solas an là a' crìonadh agus bha am flin air tòiseachadh nuair a dh'fhàg iad an taigh a-rithist. ''S dòcha,' thuirt

Irene gu cùramach, 'gum bi Dadaidh beagan anmoch a' tighinn dhachaigh. Bidh na rathaidean bhon a' bhaile mhòr air leth trang aig an àm seo.'

Ach bha na balaich coma gu leòr, 's iad a' bruidhinn ri chèile mu na cartoons a bha dùil aca fhaicinn nas fhaide air adhart às dèidh an dìnneir.

Aig taigh an athar, ruith Seumas is Eàrdsaidh suas an staran, na h-innealan-cogaidh nan làmhan is Irene a' giùlan a' phìos fhiodha fhaide. Nuair a dh'fhosgail i an doras bha seann fhàileadh air an èadhar agus a h-uile seòmar ann an dorchadas. Dh'fhàg iad na buill-airm anns an trannsa agus chuir i fhèin 's Eòin na solais air. An uair sin las i an teine-eileactraig anns an t-seòmar-suidhe mhì-sgiobalta, far an robh nigheadaireachd a' crochadh air na radiators airson tiormachadh. Bha na balaich anns an t-seòmar-cadail mu thràth, a' leum air na leapannan air an robh aodach-leapa *Superman*, mus do thog Seumas leabhar mòr dathach bhon ùrlar a thòisich e ri leughadh ri a bhràthair bheag.

Bha Eòin is Irene nan suidhe gu sàmhach ri taobh an teine nuair a thàinig athair nam balach a-steach, poca plastaig làn na làimh is coltas sgìth air aodann. Mhothaich Irene gun robh piotsa mòr anns a' bhaga.

'Dadaidh!'

Ruith na balaich ga ionnsaigh. Chuir e sìos am baga agus thog e an dithis aca na ghàirdeanan. 'Ciamar a tha mo mhathanan beaga an-diugh? Agus dè na rudan àraid a tha seo?'

Ruith an dithis aca mun cuairt air, a' smèideadh a' chlaidheimh agus an làmhag. 'Agus seall an claidheamh aig Nanaidh cuideachd!'

Thàinig iad uile a-steach don t-seòmar-suidhe.

'Tha coltas ann gun robh deagh là agaibh, ma-tà?' thuirt e ri Eòin is Irene.

'Bha gu dearbh. Là gu math soirbheachail.'

'Niste,' thuirt e ris na balaich, coltas claoidhte a' tighinn thairis air a shùilean, 'a' bruidhinn mu dhìnnear, bidh taghadh agaibh. Tha pìosan circe fuara fhathast agam anns a' frids agus dh'fhaodadh sibh sin a ghabhail le sailead is buntàta bruich, no tha piotsa ann cuideachd…'

'Piotsa! Piotsa!' dh'èigh na balaich.

'Abair là math, Dadaidh!' thuirt Seumas. 'Bha sinn a' cluich leis an Lego agadsa aig taigh Nanaidh is Papa, agus fhuair mi reòiteag ghorm anns a' chafaidh cuideachd!'

Dh'fhàs aodann athar stòlda agus thàinig gruaim air a mhaoil. Thionndaidh e ri Irene. 'Reòiteag Bubble Gum! Dè bha thu a' smaoineachadh? Làn àireamhan-e is stuth fuadain!'

Ach cha tuirt e an còrr, agus cha do fhreagair Irene e na bu mhotha oir bha deagh fhios aig an dithis aca gu bheil rudan ann a tha fada, fada nas miosa na reòiteag ghorm.

10

Bean na Bainnse

B' E CEILEARADH nan eun tron fharlas fhosgailte a dhùisg Rob air an là ron a' bhanais. Dh'èirich e gu socair air eagal gun cuireadh e dragh air Debi a bha fhathast na cadal, agus chrom e an staidhre cham dhan chidsin far an do thog e am peile làn biadh nan cearc fon an t-sinc. Chaidh e a-mach, a' dùnadh an dorais às a dhèidh cho sàmhach 's a b' urrainn dha.

Às dèidh dha na cearcan a bhiadhadh, dh'fhàg e am peile bun os cionn air an fheur agus chaidh e air seachran mu thimcheall nam pàircean beaga torrach agus an gàrradh làn fhlùraichean is ghlasraich. Thàinig togail na chridhe. Seo am fearann aige fhèin o chionn fhada, fearann a chaidh àiteach le strì is obair chruaidh thairis air na bliadhnaichean. Chuir e sùil air an taigh cuideachd – taigh cruinn tapaidh, a thog e le a làmhan fhèin anns na làithean fad às, duilich ud. Cha robh smuain aca aig an àm sin ach air teicheadh airson beatha ùr a chruthachadh agus, 's dòcha, an cridheachan briste a chàradh. Teicheadh bhon a' bhaile mhòr le a rathaidean trang, làn trafaig. Teicheadh bho chuimhne air na poileis mhodhail a thàinig chun dorais gun fhiosta, clogaidean nan làmhan is naidheachd uabhasach ri innse.

Ach cha robh sìth air tighinn gu furasta no anns an dòigh a bha iad an dòchas oir bha smuaintean ciontach fhathast gam buaireadh, là 's a dh'oidhche. Bha cuimhn' aig Rob air làmh bheag am mic na làimh-sa is aodann beag làn earbsa ri a thaobh. A' chiad chas-cheuman, a' chiad là aig an sgoilàraich, a' chiad là san sgoil. A' chiad là a fhuair e cead a dhol don bhùth leis fhèin.

Nuair a ràinig iad an t-eilean an toiseach bha mulad a' laighe gu trom orra ach làimhsich muinntir an àite gu socair, coibhneil na coigrich a fhuair am pìos fearainn aonranach sin, shìos ri taobh Loch Chille Brìghde. Rè ùine, thàinig an eachdraidh bhrònach aca am follais agus an uair sin bha fìor thruas aig an nàbaidhean riutha.

Nuair a nochd Flòraidh, an nighean bheag ùr aca, chaidh a fàilteachadh leis a' choimhearsnachd gu lèir. Seo far an deach an nighean a h-àrach, is saorsa aice a bhith a' cluich a-muigh an àite sam bith a thogradh i, anns na coilltean is na pàircean no shìos air a' chladach ri taobh an locha. Bha i air fàs suas na boireannach beothail, tapaidh, daonnan deònach a bhith an sàs ann an obair na croit. Agus ged a ghluais i air falbh bhon t-seann dachaigh a dh'fhuireach còmhla ri Calum anns a' bhothan bheag air màl aig ceann an locha, bhiodh i fhathast gan cuideachadh le beathaichean is obair-fearainn no a' toirt taic do a màthair nuair a thòisich a neart ri crìonadh. Bha e follaiseach do a phàrantan ge-tà gun robh dleastanasan – agus feumalachdan – eile aice a-nis oir anns an t-Sultain sa bhliadhn' ud bha i air fàs trom.

Chuimhnich Rob le fìor thlachd air dè cho sona 's a bha Debi is e fhèin is dùil aca ri ogha a' ruighinn as t-earrach, ged a bha cuimhne aige cuideachd air na duilgheadasan ùra a thàinig an cois Ghilleasbuig bhig. Ged a b' e làithean sona a bh' annta le ùpraid is bùrach balach beag air feadh gach taighe, mean air mhean dh'fhàs e na bu duilghe do Fhlòraidh a bhith cothromach don a h-uile duine anns an teaghlach. Nuair a thuit sgòthan dorcha trom-inntinn oirre bha eagal mòr air a pàrantan gun cailleadh iad i gu h-iomlan ach le foighidinn a chaidh ionnsachadh thairis air bliadhnaichean mòra dh'fhuiling iad gach là duilich còmhla ris an teaghlach òg. Gu nàdarra, thòisich Gilleasbuig ri bhith còmhla riutha-san na bu trice agus nach mìorbhaileach an dòigh san deach lùths Debi ùrachadh airson iomadach geama is plòidh leis.

Ged nach deach an t-àm seo seachad gun argamaid is aimhreit, bha piseach air tighinn gus an là a thàinig an naidheachd mhòr gun robh dìleab air tighinn do Chalum a bheireadh cothrom dhaibh pìos fearainn a cheannach agus taigh a thogail dhaibh fhèin. Ged a ghluais cùisean gu slaodach an toiseach, mu dheireadh thall bha an obair air tòiseachadh àrd air a' chnoc os cionn an t-seann dachaigh agus air an aon là chaidh là na bainnse a shuidheachadh.

Sguir Rob de chuid meòrachaidh agus thug e sùil suas an cnoc. Mhothaich e le faochadh gun robh an teanta mòr fhathast na sheasamh air beulaibh an taighe ùir is daoine a' dol a-mach is a-steach às mar-thà. Bha loidhne bheag de Phortaloos air a chùlaibh agus an camper van aig bràthair Chaluim ri a thaobh.

Aidh, smaoinich e, bha a h-uile rud a' dol air adhart mar bu chòir. 'S dòcha gu rachadh e suas airson cuideachadh a thoirt dhaibh ach an-dràsta bu chòir dha a dhol air ais dhan taigh airson bracaist a dhèanamh do Debi. Thog e am peile, ghlan e e aig a' ghoc a-muigh agus dh'fhosgail e doras a' chidsin gu sàmhach.

Os a chionn chuala e cas-cheuman slaodach Debi 's i

a-nis air a cois. Iongantach dè cho math 's a b' urrainn dhi gluasad às aonais an zimmer a bha fhathast na sheasamh aig bonn na staidhre. Mar bu dual dhi bha dòighean sònraichte aice fhèin airson cothachadh an aghaidh gach duilgheadas a bha air tachairt rithe bhon a thòisich a neart ri crìonadh. A' tighinn sìos an staidhre, ghabh i grèim teann air an rèile air gach taobh, a' cromadh gach ceum gu slaodach, cùramach gus an do ràinig i an zimmer. An uair sin, thàinig i a-steach dhan chidsin, is Rob a' feitheamh oirre aig a' bhòrd a bha a-nis air a dheisealachadh airson bracaist. Dh'ith iad gu sàmhach, solas an là a' gleansadh air uachdar a' bhùird.

'Ciamar a tha cùisean a' dol shuas an cnoc?' dh'fhaighnich Debi, mu dheireadh thall. 'A bheil an teanta fhathast na sheasamh?'

'Oh tha – taing do Dhia!' fhreagair Rob. ''S e àite gu math trang a th' ann mar-thà cuideachd! Tòrr a' dol. Saoilidh mi gun tèid mi suas nas fhaide air adhart airson faicinn na tha air fhàgail ri dhèanamh – ged a tha mi cinnteach gum bi làmh an uachdair aig Calum is a bhràthair air gnothaichean! Dè mud dheidhinn fhèin?'

Thug Debi sùil air. 'Tha mi airson beagan fois fhaighinn oir bidh là gu math trang againn uile a-màireach.'

Chuir i a làmhan suas gu a falt thiugh, dhualach, gheal a bha a' tighinn cha mhòr gu a guailnean. 'A' tòiseachadh leis a' ghruagaire. Tha i a' tighinn tràth airson dèiligeadh ri Flòraidh is mi fhèin. 'Eil cuimhne agad gum bi Flòraidh a' tighinn a-nuas a-nochd airson oidhche mu dheireadh anns an t-seann dachaigh còmhla rinn? An cuir thu an seòmar-cadail eile air dòigh dhi?'

Rinn Rob gàire, 'Nì mise sin, gun teagamh.'

Nuair a bha seòmar-cadail Flòraidh deiseil is Debi a-nis ri taobh an rèidio a' fighe geansaidh do Ghilleasbuig, chaidh Rob suas am bruthach dhan taigh ùr. Letheach slighe suas chaidh e seachad air tobht na seann eaglaise. Ceithir ballachan cloiche fosgailte don iarmailt, an làr còmhdaichte le feur ùr an t-samhraidh agus air a sgeadachadh le brògan na cuthaige is neòineanan. Stad e airson mionaid a' coimhead air an làraich fhalaimh. Iomadach uair bhiodh Flòraidh a' cluich anns an àite seo nuair a bha i na caileag bheag. Iomadach uair bhiodh e fhèin is Gilleasbuig a' tighinn an seo cuideachd 's iad a' cluich falach-fead no a' gabhail picnics còmhla ri Debi. Bha sealladh brèagha fodha sìos dhan loch agus an caolas. Lìon a chluasan le fuaim an t-srutha. Seo far am biodh am pòsadh a' gabhail àite anns a' mhadainn, fo na speuran fosgailte agus ann am fasgadh nam ballachan briste.

Lean e air dhan taigh ùr far an robh a h-uile duine trang a' deisealachadh airson an ath là. Mhothaich e sa bhad nach robh feum aca idir air taic bhuaithe. Saoil càite an robh Gilleasbuig beag? 'S dòcha gum biodh cothrom ann sùil a chumail air fhad 's a bha càch cho trang.

Chaidh e a-steach don taigh.

'Oh, hi, Dad!'

Bha Flòraidh na suidhe aig bòrd a' chidsin, i fhèin is caraid trang a' dèanamh fhlùraichean dathach à paipear. Bha cnap mòr dhiubh nan laighe ri a taobh.

'Dh'fhaodadh tu cupan tì a dhèanamh dhut fhèin, ma tha thu 'g iarraidh!'

Chaidh Rob a-steach don t-seòmar-suidhe a lorg ogha agus fhuair e e na shuidhe air a' chouch, dà cho-ogha ri a thaobh 's iad uile glacte leis an T.Bh.

'Madainn mhath, pal!' thuirt Rob ris. "G iarraidh tighinn a-mach airson sràid sìos don tràigh?'

Ach cha d' fhuair e freagairt agus cha do thog na balaich fiù 's an sùilean bhon sgrion. Chaidh e a-mach a-rithist don teanta mhòr far an robh bùird is cathraichean a' ruighinn air trèalair air cùlaibh tractair. Bha daoine gan seatadh a-mach anns an teanta, Calum nam measg.

'Oh hi, Rob!' thuirt e, coltas fad às na shùilean.

'Ciamar a tha cùisean a' dol?' dh'fhaighnich Rob dha.

'Dè nì mi dhut?'

'Uill, tha an cuideachadh uile a tha a dhìth oirnn againn an-dràsta, Rob,' thuirt Calum. 'Nach math gu bheil na h-uimhir de dhaoine air nochdadh airson an obair a dhèanamh?'

Choimhead Rob mun cuairt an teanta mhòir agus gun teagamh bha an t-àite a' cur thairis le daoine. Bha cuid a' tòiseachadh air stèidse fhiodha a thogail anns a' mheadhan, cuid a' seatadh a-mach na bùird is cathraichean is triùir trang a' cur lanntairean pàipeir ioma-dathach air dòigh.

''S dòcha nas fhaide air adhart tron là, Rob? Leigidh mi fios dhut...'

Ach chaidh an là seachad agus cha tàinig ach teachdaireachd ag innse gun robh Gilleasbuig a' dol air turas anns a' chàr còmhla ri a cho-oghaichean agus nach robh feum idir air cuideachadh a bharrachd. Bha solas an là fada air falbh agus plangaid dorchadais air tuiteam mus tàinig Flòraidh a-nuas às dèidh Gilleasbuig a chur dha leabaidh. Bha a gùn bainnse thairis air a gàirdean, falaichte ann am poca mòr plastaig agus bha coltas gu math sgìth oirre.

Dhùisg Rob is Debi tràth air là na bainnse agus chuir iad

seachad beagan ùine nan laighe ri chèile, mothachail air blàths ùr na maidne. Bhruidhinn iad gu sàmhach mun là a bha romhpa ach cuideachd bhruidhinn iad mu na làithean fad air falbh agus am fear beag air am biodh cuimhne aca gu sìorraidh. Bha iad air an cuairteachadh le solas ciùin, soilleir, fuaimean beaga nan eun àiteigin a-mach à sealladh, agus thuit sìth air an dithis aca 's iad nan laighe còmhla. Mu dheireadh thall dh'èirich Rob agus chaidh e do sheòmar-cadail Flòraidh ach bha ise air èirigh fada na bu thràithe agus bha a leabaidh falamh. Cha robh ann ach a gùn-bainnse a' crochadh air cùl an dorais, fhathast falaichte anns a' phoca mhòr phlastaig.

Gun teagamh, smaoinich Rob, bhiodh tòrr aice fhathast ri dhèanamh shuas aig an taigh ùr ro àm na bainnse aig meadhan-là agus, gu cinnteach, bhiodh Gilleasbuig ga h-iarraidh airson ciall is cruth a chur air an là mhòr iongantach seo.

Chaidh e sìos gu doras an taighe, dh'fhosgail e e agus sheas e an sin a' gabhail an èadhair. Bha duine no dithis air an cois shuas an cnoc mu thràth agus chunnaic e Calum a' tighinn às an teanta mhòr. Smèid e a làmh ris agus smèid Calum air ais.

Dh'fhairich e teas na grèine mar bheannachd air a dhruim fhad 's a bha e a' biadhadh nan cearcan, agus na chluasan bha gairm an t-seann choilich na bu shunndaiche buileach na bha e a-riamh. Shìos aig an loch bha sruth-traghad ann, is bha tonnan beaga a' dannsadh aig oir a' chladaich. Bha an t-uisge gu math ìosal anns a' chaolas agus dh'èirich corra-ghritheach suas dhan adhar air sgiathan slaodach, a' dèanamh a cùrsa sìos gu muir.

Anns a' chidsin, bha Debi a' feitheamh air, fhathast na

dressing-gown is gùn-oidhche, an zimmer ri a taobh.
'Tha min dòchas gum bi Flòraidh air ais airson a' ghruagaire!' thuirt i ris. 'Bidh ise an seo aig cairteal an dèidh deich.'
'Och uill,' thuirt Rob, 'mura h-eil Flòraidh ann aig an àm cheart feumaidh i tòiseachadh leatsa! 'S math nach eil mòran gruaig agam fhèin a-nis – nì beagan polish is dustair a' chùis dhòmhsa!'
Thionndaidh e dhan zimmer.
'OK,' thuirt e. 'Gu cnag na cùise a-nis. A bheil thu toilichte gu leòr leis na co-dhùnaidhean a rinn sinn airson faighinn suas am bruthach?'
Sheall i air gu dìreach, 'Oh 's mi tha. Bhiodh e na b' fhèarr nan robh mi a' dol ann air mo chasan fhèin – ach feumaidh sinn uile a bhith ciallach. Chan eil mi airson an là seo a mhilleadh ann an dòigh sam bith. Nì mi mo dhìcheall leis an zimmer gu ceann an taighe agus an uair sin bidh daoine gu leòr ann airson mo chuideachadh. Tha deagh fhios 'am gu bheil am bruthach sin gu math cas ach fiù 's ma dh'fheumas iad mo thogail suas nì mi a' chùis air!'
Nigh iad na soithichean is an uair sin chaidh Rob suas dhan t-seòmar-cadail. Chaidh e dhan phreas agus thug e a-mach briogais ùr, lèine gheal is taidh agus an t-seacaid Chlò Hearaich. Chuir e iad air uachdar na leapa. Fhathast anns a' phreas bha dreasa sìoda is pàtran de ròsaichean air le paidhir bhrògan pinc ach dh'fhàg e iad oir bha fios aige gum biodh Flòraidh a' toirt cuideachadh do a màthair leotha nas fhaide air adhart.
Mu chairteal an dèidh deich nochd Flòraidh a-rithist, a làmhan làn fhlùraichean a bhuain i aig làraich na seann eaglaise.

'Uill, sin e!' thuirt i le gàire sgìth. 'Cha mhòr nach eil a h-uile rud deiseil a-nis!' An teanta fhathast na sheasamh, an àirneis is an stèidse air dòigh, an dealan ag obair agus na lanntairean is flùraichean pàipeir uile air an crochadh. Tha inntrigeadh na seann eaglais air a sgeadachadh agus tha Calum is càch a' cur nan cathraichean air dòigh na broinn.'
'Is ciamar a tha Gilleasbuig?' dh'fhaighnich Rob.
'Air bhioran! Bha e air a chois cho tràth! Agus anns an fhèileadh aige mar-thà, is e a' coimhead cho snog is cho spaideil. Bidh sibh cho pròiseil nuair a chì sibh e! Oh bidh e math beagan fois fhaighinn nuair a ruigeas a' ghruagaire!'
Rinn i osna is shuidh i sìos ri taobh a màthar.
B' e stoidhle shìmplidh a rinn a' ghruagaire do Fhlòraidh, is ròsan beaga brèagha air an snìomhadh ann, agus nuair a bha i deiseil le falt Debi, laigh e mu a ceann mar fhàinne-solais dhualach, gheal.
'Nach tu tha fortanach gu bheil do ghruag cho brèagha is cho tiugh!' thuirt an gruagaire rithe. 'Dè mu dheidhinn ròs no dhà ann a-nis?'
Nuair a dh'fhalbh i chaidh Flòraidh is a màthair suas an staidhre còmhla. Mhothaich Rob gun robh càraichean a' ruighinn an taighe ùir, daoine a' tighinn asta le tìodhlacan nan làmhan is aodach spaideil orra. Chunnaic e càr an neach-clàraidh cuideachd agus dh'èigh e ri Flòraidh is Debi gum bu chòir dhaibh greastainn orra. Nochd Debi aig ceann na staidhre, an dreasa sìoda oirre is a brògan na làimhe. Thilg i iad sìos an staidhre agus an uair sin thòisich i ri cromadh a-nuas gu faiceallach. Aig bonn na staidhre thug Rob pòg dhi agus an uair sin thog e a brògan agus chuir e iad air a casan.
'Na dìochuimhnich do bhrògan, Cinderella!' thuirt e gu socair.

Aig an dearbh àm chualas fuaim ghuthan aighearach a' tighinn sìos am bruthach agus chunnaic Rob gun robh Calum agus a bhràthair air an slighe. Bha Gilleasbuig a' ruith air thoiseach orra, pleatan an fhèilidh a' sluaisreadh mu a ghlùinean. Nochd e aig an doras fhosgailte, a ghruaidhean dearg, cha mhòr gun anail, 'Granaidh! 'Eil thu deiseil?'

''S mi tha, 'eudail!' fhreagair Debi, agus an uair sin sheas i suas cho dìreach 's nach robh feum aice idir air taic a bharrachd bho Chalum no a bhràthair.

'Bidh mi ceart gu leòr an-dràsta!' thuirt i riutha. 'Tha mi airson coiseachd leam fhèin cho fada 's as urrainn dhomh ach, siuthad, a Ghilleasbuig, thoir dhomh do làmh gu ceann an taighe.'

Dh'fhàg iad an taigh le chèile, Gilleasbuig is Debi làmh ri làimh is Calum a' giùlan an zimmer.

Gu h-obann bha Rob na aonar sa chidsin.

'Dad, bu chòir dhut do chuid aodaich fhèin a chur ort!'

Chuala Rob guth a nighinn air a chùlaibh. Thionndaidh e agus chunnaic e i na seasamh aig doras a' chidsin, dreasa na bainnse oirre is flùraichean am measg a gruaig. Airson tiotan, sgèith na bliadhnaichean air falbh agus thàinig dealbh na inntinn de chasan rùisgte, glùinean salach agus làmh bheag na làimh fhèin. Lìon a shùilean le deòir.

''S tu a tha a' coimhead rìomhach,' thuirt e.

B' ann an uair sin a chaidh e suas an staidhre far an do chuir e air an lèine agus an taidh, a' bhriogais ùr is an t-seacaid Chlò-Hearaich. Air ais anns a' chidsin, ghabh e grèim air gàirdean Flòraidh, is a làmhan làn de na flùraichean a bhuain i tràth sa mhadainn.

Aig ceann an taighe, chaidh iad seachad air an zimmer a

bha a-nis na sheasamh leis fhèin. Choisich iad gu slaodach suas an cnoc, fo shealladh an taighe ùir, an t-seann taigh air an cùlaibh, uinneagan a' sìor-choimhead sìos dhan loch. Thàinig ceòl an t-sruth-lìonaidh àrd nan cluasan fhad 's a dhlùthaich iad air inntrigeadh na seann eaglaise. Bha sluagh nan seasamh mun cuairt nam ballachan briste is cuid eile nan suidhe taobh a-staigh, am measg nam flùraichean agus feur fada an t-samhraidh 's iad uile a' feitheamh air bean bhòidheach na bainnse a' tighinn gu pròiseil air gàirdean a h-athar.

Ach bha Rob mothachail gun robh an tè a bu bhòidhche ann mu thràth, dreasa 's brògan pinc oirre is ròsan na falt dhualach, gheal. Bha i a' feitheamh air, anns a' chathair far an do dh'fhàg Calum agus càch cho ciùin i.

Dh'fhàg e a nighean na seasamh air beulaibh an neach-clàraidh, ri taobh a fir agus a mac beag agus shuidh e sìos ri taobh Debi.

11

An Cridhe Falamh

CHA ROBH ÀDHAMH ann an cabhag èirigh oir bhiodh an setup uile air a dhèanamh mus ruigeadh e obair. Mar sin, thug e cead dha fhèin tighinn na dhùisg beag air bheag, mothachail air blàths sèimh na cuibhrige ga chuairteachadh agus fionnarachd an t-seòmair far an robh a chasan a' stobadh a-mach thairis air a' bhobhstair.

Aig an aon àm, thàinig e a-steach air gun robh rudeigin a dhìth. Bha an duvet ga chuairteachadh ro theann, bha cus àite air fhàgail ri thaobh anns an leabaidh agus nuair a ghluais e a cheann agus a dh'fhosgail e a shùilean bha a' chluasag eile falamh. Rinn e mèaranaich agus shìn e a-mach tarsainn air an leabaidh agus b' ann an uair sin a thàinig e na chuimhne gum b' e seo là eile às aonais Jenni.

Cha robh ach ceithir là air a dhol seachad ach bha fàileadh cùbhraidh a cuirp fhathast air an aodach leapa. Bu leisg leis a' chuibhrig a phutadh air falbh ach mu dheireadh thall dh'èirich e agus sheas e, a chasan a' suathadh ris an leabhar a bha na laighe am measg an sgudail air an ùrlar – *John Splendid* le Neil Munro – far an do dh'fhàg Jenni e air a taobh-se den leabaidh.

B' e a beachd-sa a bh' ann, a bhith a' leughadh ris air na

h-oidhcheannan dorcha grod ud nuair a bha inntinn anfhoiseil agus riaslach agus nach fhaigheadh e cadal. Bhiodh ise a' leughadh dha le a guth milis, sèimh, Gàidhealach – an sgeulachd shònraichte ud mu John Splendid, a bha cho treibhdhireach agus modhail na dhòigh. Mun fhoghair ann an Earra-Ghàidheal is bailtean beaga trèigsinn, far an robh na coimhearsnachdan air am milleadh leis a' phlàigh, mu dhìlseachd agus brathaidhean aosmhor. Bha abairtean Gàidhlig a' ruith mar obair–ghrèis tron teacsa, a fhuair e aig an aon àm cho tarraingeach agus cho dìomhair, agus ged nach robh Jenni gan eadar-theangachadh bha e toilichte gu leòr oir bha iad mar phàirt den draoidheachd aice.

A-nis, bha i air falbh air ais a dh'Earra-Ghàidheal agus an uair sin a Shealainn Nuadh airson rannsachadh PHD a dhèanamh, dìreach tro mhìosan an t-samhraidh. Sin na thuirt i co-dhiù ach cha robh Àdhamh cho cinnteach agus bha amharas aige fiù 's nan tilleadh i dhan bhaile mhòr as t-fhoghar, nach biodh i air ais còmhla ris-san sa flat. Bha an leabhar na laighe, leth-chrìochnaichte, leis an duilleig far an do sguir i air a comharrachadh le ribean sgàrlaid. Thug e ceum thairis air is faireachdainn aige nach rachadh a sgioblachadh airson ùine mhòr – agus 's dòcha, nach rachadh an sgeul a chrìochnachadh gu bràth tuilleadh.

Thug e sùil aithghearr air a' ghleoc agus thàinig e a-steach air gum bu chòir dha greastainn air. Chaidh e a-steach dhan fhrasair far an robh dualan mìn gruag Jenni fhathast a' laighe an siud is an seo air na leacan. Chleachd e an siampù aice a bha fhathast air an sgeilp agus lìon an t-àitefrois cumhang le a fàileadh. Air ais anns an t-seòmar-cadail, a' cur air a bhriogais-obrach dhubh lorg e bow-tie sa phòcaid, fhathast ann bhon obair mu dheireadh. An uair sin chaidh e dhan chidsin far an do rinn e bracaist de thost is uisge fuar.

Aig a' cheart àm chuala e fuaim beag aig an doras agus Big Guy a' feuchainn a-steach tron chat-flap. Chuir an cat mòr glas fàilte air le miamhail feòrachail 's e a' lùbadh tro a chasan, earball dìreach san adhar mar bhratach srianach. Mus do shuidh Àdhamh aig a' bhòrd, chaidh e dhan fhrids airson canastair biadh-cait. Bha dealbh Jenni agus Big Guy air doras a' frids 's i a' gàireachdaich is a' togail suas an cat don chamara. Chuir e a-mach roinn fhialaidh de bhiadh air an t-sàsar a bha na laighe air an ùrlar agus thòisich Big Guy air a' bhiadh mar mhadadh-allaidh gionach. Ann an tiotan bha a h-uile mìr air falbh agus chaidh e air ais dhan t-sòfa far an do shuidh e gu sèimh, ag imlich a spògan agus a' glanadh a chiabhagan.

Nuair a chaidh Àdhamh air ais dhan t-seòmar-cadail lean Big Guy e air spògan sàmhach agus an uair sin chaidh e mu thimcheall an t-seòmair, a' gabhail a-steach fàileadh air an adhar mar gun robh e a' sireadh lorg neo-fhaicsinneach. Mu dheireadh leum e air an leabaidh mhì-sgiobalta far an do chrùb e sìos le sùil fhurachail air Àdhamh fhad 's a bha e a' cur air a bhrògan.

***

Bha an taigh mòr eireachdail a' seasamh gu daingeann, le faichean rèidh a' sìneadh a-mach far an robh abhainn leathann a' sruthadh gu ciùin. Na b' fhaisge air an taigh bha doireachan de chraobhan beaga le sreangan sholais dhathte air an crochadh annta agus tearas far an robh bàr air a chur air dòigh.

Feasgar samhraidh 's an solas òr mar mhil bhlàth 's ceòl binn na fidhle a' tighinn à àiteigin. Bha na h-aoighean a' spaidsearachd air an tearas, na fir ann an deiseachan foirmeil no èideadh Gàidhealach, na mnathan le dreasaichean fada agus seudan a' gleansadh is a' deàlradh no ann an aodach Innseanach ioma-dathte. Ghluais Àdhamh nam measg gu sgiobalta agus gu h-èifeachdach. Bha peitean beag dubh air còmhla ris a' bhriogais dhuibh agus bha am bow-tie a fhuair e ann an doimhneachd a phòcaid a-nis ceangailte gu teann ri coilear a lèine gile. Gu sàmhach, proifeiseanta thug e sùil air an set-up – a' dèanamh cinnteach gun robh a h-uile rud mar bu chòir – glainneachan Champagne is sùgh gu leòr airson na h-aperitifs agus am bàr fhèin deiseil airson an ama às dèidh na dìnnearach. Thuirt e facal no dhà ris an luchd-frithealaidh eile agus thog e treidhe dheochan. An uair sin chuir e air fhiamh-ghàire a bu shoilleire agus a ghuth a bu mhodhaile agus thòisich e ag obair gu dìcheallach.

'Sir? ... Madam? ... Champagne?'

Dh'òl na h-aoighean na h-aperitifs agus dh'èirich còmhradh sàmhach, modhail anns an adhar le gliongartaich ghlainneachan is gàireachdaich.

Mhothaich e blas cainnte a' bhoireannaich òig nuair a dh'iarr i glainne sùgh air. Astràilianach, 's dòcha? Cha robh ùine ann airson faighneachd dhi, ged a bha e mothachail cuideachd air cho tarraingeach 's a bha a sùilean blàtha, dorcha-donn. Laigh a falt trom dualach air a guailnean rùisgte agus bha dath a craicinn mar chappuccino uachdarach. Mus d' fhuair e cothrom bruidhinn rithe bha i air falbh agus goirid às dèidh sin ghairmeadh an dìnnear 's chaidh an sluagh uile a-steach. Bha an tearas sàmhach a-rithist agus cha robh air fhàgail ach bùrach de ghlainneachan falamh. Chuidich Àdhamh leis an sgioblachadh agus an uair sin ghabh e cuairt sìos chun na h-aibhne far an robh na gobhlanan-gaoithe ag itealachadh gu h-ìseal 's iad a' rùrach mheanbh–chuileagan. Ghabh e smoc an sin, a' coimhead air a' cheò ag èirigh bho a bhilean fosgailte agus a' feuchainn ri a smuaintean a chur an cèill. Mu dheireadh thall dh'èirich e agus chaidh e air ais a dh'obair. Bha e na àite air cùlaibh a' bhàir nuair a chrìochnaich an dìnnear agus a thòisich na h-aoighean a' tilleadh. Gu clis bha an tearas làn a-rithist agus ged nach tàinig an tè òg dhan bhàr fhèin chitheadh Àdhamh i aig astar, na suidhe còmhla ri buidheann air oir an t-sluaigh.

Aig aon uair deug chaidh e dhan chidsin far an robh biadh air a chur air dòigh dhan luchd-frithealaidh. Dh'ith e a h-uile mìr le fìor thlachd oir cha do dh'ith e rud sam bith bhon a' bhracaist ghann a bh' aige anns a' flat. Mus do chuir e crìoch air, dh'iarr e baga plastaig a lìon e le criomagan beaga blasta airson a thoirt dhachaigh gu Big Guy. Bha e a' coiseachd air ais air an tearas nuair a chunnaic e an tè òg a-rithist, na seasamh air a bheulaibh, ri taobh dorais is a' leigeil a cuideim air an ursainn, aon ghàirdean a' sìneadh suas os a cionn. Bha a brògan a' laighe air an tearas ri a taobh agus bha a casan rùisgte. Le a gàirdean an-àirde, chitheadh Àdhamh gun robh tatù aice – pàtran de chearcaill agus loidhnichean eadar-thoinnte a bha a' tòiseachadh àiteigin fo a cìoch agus a' lìonadh lag a h-achlaise. Nuair a chunnaic ise gun robh e a' tighinn dlùth oirre, thug i a gàirdean sìos sa bhad – mar gum b' e rud dìomhair a bha am falach an sin agus gu h-obann dh'fhairich Àdhamh dùsgadh na chorp.

'Gabh mo leisgeul, Madam…'

Thòisich e ri dhol seachad oirre ach aig an aon àm rinn i gàire, a' coimhead air le a sùilean gleansach donn.

Stad e. 'Nach eil an t-adhar àlainn!' thuirt e. ''S e feasgar brèagha a th' ann, nach e?'

'Oh 's e!' ars ise. 'Ro bhrèagha airson a bhith an seo co-dhiù! Bha m' inntinn fad air falbh àiteigin.'

'Ann an Astràilia, 's dòcha?'

'Oh chan ann!' bha i a' coimhead air gu dlùth a-nis. 'Sealainn Nuadh – ach tha na blasan gu math coltach ri chèile. 'S iomadh neach a bhios a' dèanamh mearachd mun deidhinn!'

Cha robh Àdhamh airson gluasad ged a bha deagh fhios aige gum bu chòir dha a bhith air ais air cùlaibh a' bhàir.

'Sealainn Nuadh? Tha caraid agam a' dol ann ann an seachdain no dhà airson rannsachadh a dhèanamh mu na sgoiltean Maori airson a PhD.'

Ghabh i ceum ga ionnsaigh, a h-aodann làn aoibhneis, 'Nach math sin!' thuirt i. 'Chaidh mi fhèin gu sgoil Maori – ann an Whanganui.'

'Ah…' thuirt Àdhamh gu faiceallach, 'tha mi a' tuigsinn a-nis carson a tha an obair-ealain shònraichte sin ort.'

Thàinig gruaim bheag oirre, 'A bheil thu a' ciallachadh an tatù agam?'

'Tha. 'S e tha iongantach!'

'Uill,' thuirt i, 's i a' coimhead sìos air a casan rùisgte donn, 'cha chanainn 'iongantach' ris. 'S e comharra mo threubha a th' ann agus tha a leithid aig iomadach Maori. Tha tatùthan nam pàirt de ar dearbh-aithne a tha gar cumail làidir agus neartmhor.'

Sguir i airson mòmaid agus an uair sin thòisich i ri gàireachdaich os ìseal. 'Ach 's docha gu bheil an cuspair sin

beagan trom airson oidhche mar seo!'
'Tha tatù agamsa cuideachd,' thuirt Àdhamh. 'Ach chan eil e coltach ris an fhear agadsa. Feumaidh mi a chumail am falach fhad 's a tha mi ag obair! Dè cho fad 's a tha thu air a bhith ann an Alba, co-dhiù?'
Rinn i gàire ris, 'Oh, dìreach mìos, a' fuireach còmhla ri caraidean an-dràsta. Ach bidh mi a' lorg àite-fuirich dhomh fhèin a dh'aithghearr. Tha mi a' tòiseachadh cùrsa banaltraim as t-fhoghar.'
Thug Àdhamh sùil aithghearr thairis air an tearas agus mhothaich e gun robh cùisean a' fàs gu math trang aig a' bhàr.
'Tha mi duilich, feumaidh mi falbh air ais a dh'obair. Ach, cò aig a tha fios, 's dòcha gun coinnich sinn a-rithist, àiteigin. Tha am baile mòr seo mar bhaile beag ann an iomadach dòigh – bidh mi a' coinneachadh ri daoine ris nach eil dùil agam gu math tric.'
'Oh... am bi?'
Ceist bheag, aotrom, nàdarra ach shaoil Àdhamh gun robh ceist bheag na sùilean cuideachd. Chrom i sìos agus thog i a brògan.
'Uill... bha e math bruidhinn riut ach saoilidh mi gum bi mo chàirdean gam shireadh a-nis.'
Thòisich i ri gluasad is grèim aice air na brògan.
'Bidh am boss agamsa gam shireadh cuideachd!' thuirt Àdhamh.
'Oidhche mhath, ma-thà.'
'Oidhche mhath...' Dh'fhalbh i gu h-aotrom, 's cha do dh'fhàg a casan rùisgte lorg air leacan an tearas. Fhad 's a bha Àdhamh a' coiseachd air ais dhan bhàr thàinig e steach air nach robh fhios aige dè an t-ainm a bh' oirre.

Chaidh an sioft seachad le casan goirt, agus cràdh na dhruim. Mu dheireadh thall, aon uair 's gun robh an tacsaidh mu dheireadh air falbh agus an sgioblachadh uile air a dhèanamh, chaidh e fhèin dhachaigh leis a' bhaga bheag bìdh do Big Guy agus liosta obrach aige airson na mìos ri thighinn.

Nuair a dh'fhosgail e doras a' flat, bha tiùrr beag puist na laighe air a chùlaibh – junk mail is cìsean – agus bha seann fhàileadh fann anns an èadhar. Gu claoidhte, chaidh e a-steach dhan chidsin airson cupa tì a dhèanamh, agus, an sin, leum Big Guy sìos gu sgiobalta bhon t-sòfa agus thòisich e ri shuathadh fhèin mu a chasan, a' srann gu h-àrd is earball san adhar. Bha an sàsar aige falamh seach criomagan dubha a bha air reothadh air an oir.

Thug e biadh dha bhon a' bhaga bheag agus fhad 's a bha e ag òl na tì thug e a-mach an leabhar-là aige agus sgrìobh e sìos obair airson na mìos a bha roimhe: bainnsean, dìnnearan, co-labhairtean. Nuair a chuir e crìoch air, bha na seachdainean a bha tighinn a' coimhead gu math trang. Anns na faileasan aig oir a' chidsin bha aodann Jenni a' coimhead sìos air bho dhoras a' frids. Chuir Àdhamh dheth an solas agus lìon an seòmar le dorchadas.

Anns an t-seòmar-ionnlaid, chuir e dheth a lèine gheal a bha a-nis salach mun cholair agus leig e leatha tuiteam air an ùrlar. Anns an sgàthan, chunnaic e an tatù aige fhèin – loidhne thana ghorm, ann an cumadh cridhe beag, àrd air taobh clì a chlèibh. Cha robh saighead a' dol troimhe no ainm na bhroinn. Cridhe falamh, fhathast a' feitheamh airson ainm a bhith sgrìobhte air.

Chaidh e dhan t-seòmar-cadail far an robh Big Guy a' feitheamh ris air uachdar na leapa. Ged a bha e cho sgìth, bha ceann Àdhaimh fhathast làn smaointean mun oidhche agus mun tè Mhaori, agus bha faireachdainn aige nach tigeadh cadal airson ùine. Thog e an leabhar bhon ùrlar agus thòisich e ri leughadh.

12

Comharraidhean Earraich

AIR AN TREAS là bha an jet-lag a' crìonadh agus cha robh ceann Sandie buileach cho trom. Dh'èirich i mus deach Mam a-mach a dh'obair agus shuidh iad còmhla ri taobh uinneag a' chidsin ag òl cofaidh agus ag ithe tost loisgte. Bha an gàrradh làn de chròchan buidhe agus purpaidh agus bha druideagan a' tarraing bhoiteagan às an talamh.

'A bheil beachd agad dè tha thu a' dol a dhèanamh an-diugh?'

Bha Sandie a' faireachdainn gun robh a màthair a' dol a dh'iarraidh oirre rudeigin sònraichte a dhèanamh – fàbhar air choireigin.

'Oir mura h-eil... bhiodh e uabhasach snog don fheadhainn bheaga nan tigeadh tu dhan sgoil feasgar. 'S docha gum biodh cothrom ann an giotàr a chluich agus òran no dhà a ghabhail? Tha am feasgar mu dheireadh den teirm daonnan cianail fada dhaibh – ach bidh sinn a' sgur beagan nas tràithe agus dh'fhaodadh tu lioft dhachaigh a thoirt dhòmhsa. Dh'fhaodadh tu innse dhaibh mu Aimeireaga cuideachd – tha na dealbhan snog ud à Disney World agad...'

Cha tuirt Sandie guth. Chùm i oirre a' coimhead a-mach

an uinneag, a' seachnadh sùilean a màthar.
Shìn a màthair a làmh thairis air a' bhòrd agus gu socair, bhean i ri a làimh. 'Nach tig thu, 'eudail? Tha mi a' creidsinn gun dèanadh e feum dhut.'
Rinn Sandie fiamh-ghàire. Fiù 's an dèidh cha mhòr bliadhna thall-thairis b' urrainn do a màthair toirt oirre faireachdainn ciontach nuair nach robh i ag aontachadh rithe sa bhad.
'Ceart gu leòr,' thuirt i, gu slaodach. 'Thèid mi a-null, uaireigin mu dhà uair.'
Sgioblaich iad am bòrd, ann an sàmhchair an-fhoiseil. Chruinnich a màthair a cuid leabhraichean is pàipearan agus chuir i iad na màileid agus an uair sin sheas i aig an uinneig, a' feitheamh ri lioft dhan sgoil.
'Sandie…', thuirt i gu sàmhach le gruaim bheag, 'cha tuirt mi guth ron a seo… ach a bheil cùisean nas fhèarr agad fhathast? Tha fhios a'm gu bheil e duilich bruidhinn air ach tha mi air a bhith cho iomagaineach mud dheidhinn.'
Dh'fhairich Sandie tonn mòr sàrachaidh ag èirigh agus a' briseadh thairis oirre. Chrath i a ceann bho thaobh gu taobh mar shnàmhadair a' feuchainn ri uisge a thoirt às a cluasan.
'Och uill…' Bha guth a màthar brònach le beagan bristeadh-dùil. 'Chì mi rithist thu, ma-thà! Seo Babs leis a' chàr – tìoraidh!'
Dhùin an doras le brag, bha an suidheachadh an-fhoiseil seachad agus bha an taigh sàmhach a-rithist.
Feasgar, às dèidh na diathaid, thug i a-mach a giotàr agus chuir i air ghleus e. Mus do chuir i e air ais dhan cheas bhog, ghorm sheinn i cuid de na h-òrain a bha iad a' seinn còmhla aig a' champa ann an Aimeireaga. Seann òrain-folk às na

seasgadan agus na seachdadan mar *Sweet Baby James, Mr Tambourine Man* agus *Blowin' in the Wind*. Bha guth Sandie socair agus gu math milis. Fhleòdraig am fuaim tron taigh mar cheannag cheò agus rinn i gàire rithe fhèin fhad 's a bha i a' seinn. Bu chòir rudeigin nas freagarraiche a bhith aice airson phàistean-sgoile aig àm na Càisge! Bhuail i a-mach còrdan na b' aighearaiche, thogarraiche agus thòisich i air òrain a' chròileagain san sgoil-shàbaid. Bha i air cuid de na faclan a dhìochuimhneachadh ach gun teagamh, bheireadh Mam cuideachadh dhi.

Agus, fhad 's a bha i a' seinn, thàinig faclan eile gun iarraidh na ceann – faclan *All Things Bright and Beautiful* – ach mar a b' àbhaist cha do sheinn i iad. Oir còmhla ris na faclan thàinig a' chuimhne. A' chuimhne oillteil uabhasach mun là a b' fhuaire an-uiridh. An là a chaidh bacadh a chur air toiseach nan deuchainnean nuair a fhuair i fhèin 's a caraidean-sgoile madainn dheth airson a dhol a thoirt urram do Mhàrtainn – a bha seachad air a' cheasnachadh mu dheireadh agus nach dèanadh deuchainn sam bith gu bràth tuilleadh. Bha an eaglais loma-làn le a chàirdean, a charaidean agus tidsearan, agus bha cuimhne aice a bhith na suidhe, crùbte na suidheachan, a' starbhadh leis an fhuachd, a sùilean beò-ghlacte leis na coinnlean àrda, geala a' deàrrsadh gun fhuaim aig gach ceann na ciste. Chuimhnich i air an t-sagart òg agus na laoidhean sìmplidh, pàisteil air an robh iad uile eòlach bho làithean na bun-sgoile – ged nach b' urrainn do dhuine an seinn. An sluagh mòr a bha siud, is iad uile a' feuchainn air na fuinn agus na faclan cumanta ach cha robh ann ach fuaim neònach, tùchanach, mabach mar ghaoth a' sèideadh tro mheanglan loma.

Nuair a bha an deisealachadh seachad, chuir i an giotàr

air ais dhan cheas 's thug i a-mach dhan chàr e. Mus deach i fhèin a-steach dhan chàr, chaidh i gu cùl an taighe far an robh am feur lainnearach, soilleir-gorm sa ghrèin, is oiteag bheothail a' sèideadh nan sgòthan geala thairis air speur gorm an earraich, àrd os a cionn. Sheas Sandie an sin a' coimhead air àilleachd a' ghàrraidh is ag èisteachd ri ceilearadh nan eun. Bha preas nan dearcan air a sgeadachadh le sreangan fhlùraichean pinca agus bhris i geug bheag dheth. An uair sin, thug i air ais dhan a' chàr gu cùramach i, ga cur air ceas gorm a giotàir far an do laigh i mar chuairteag bheag.

Dh'fhàg Sandie am baile air an t-seann Rathad Ròmanach. A' coimhead anns an sgàthan, chunnaic i an t-slighe a' sìneadh a-mach air a cùlaibh mar ribean am measg nan lòintean far an robh na taighean air oir a' bhaile agus far an robh an eaglais bheag am falach am measg nan craobhan. Dh'fhàs uachdar an rathaid garbh agus mì-chòmhnard agus bha aice ri dràibheadh air leth cùramach seachad air an t-seann chladh far an robh na craobhan sice a' fàs faisg air a' bhalla le gucan seang air an geugan. Mhothaich i gun robh sluagh de lusan a' chrom-chinn a' fàs fòdhpa, a' dannsadh gu sunndach anns a' ghaoith ri taobh nan clachan glasa.

Seachad air a' chladh chaidh Sandie na bu luaithe, sìos gu drochaid Allt na Muilne far an robh coilltean calltainn agus seilich a' tighinn fo bhlàth. Thairis air an droch- aid, thòisich an rathad ri dìreadh a-rithist agus chaidh na craobhan uile à sealladh air a cùlaibh. Às dèidh nan gucan is nan duilleagan ùra bha coltas fuar is geamhrachail air an àite seo ach anns na h-achaidhean àrda bha uain bheaga nan laighe gu dlùth rim màthraichean, seasgair is blàth, a' gabhail fasgadh bhon ghaoith gheàrrte. Lean an rathad air, seachad air sreang bheag de thaighean far an robh tubaichean fhlùraichean a' priobadh agus a' deàlradh, agus an uair sin chrom e sìos gus am faca Sandie, gu h-obann, às dèidh lùb anns an rathad, am baile mòr a' sìneadh a-mach roimhpe, fad air falbh chun an ear. Gu h-àrd, os cionn togalaichean a' bhaile, bha plèana mòr anns an adhar, a' dèanamh an rèiteachaidh mhionaidich mu dheireadh airson cromadh dhan phort-adhair agus dìreach airson tiotan, dh'fharaich Sandie gun robh i fhèin shuas an sin cuideachd, crochte anns an speur mhaireannach.

Dh'fhàs an rathad na bu dhìriche a-nis le lòintean air gach taobh far an robh crodh ag ionaltradh, suas gu an iosgaidean ann am feur eabarach. Bha pluic mhòra puill air uachdar an rathaid agus thàinig fàileadh breun todhair a-steach dhan chàr. Shìos an cnoc, anns a' bhaile bheag, bha duilleagan ùra air na craobhan siris agus anns an sgoil bha bonaidean na Càisge air an dèanamh à cairt agus air an sgeadachadh le flùraichean paipeir agus ìomhaighean de dh'iseanan reamhar buidhe air an dealbhadh le làmhan beaga mì-chinnteach.

Anns an t-seòmar-sgoile, fo na h-uinneagan àrda, sheinn Sandie do luchd-èisteachd sona, neoichiontach. Às dèidh làimhe, chruinnich iad mun cuairt oirre a' suathadh teudan a giotàir, duine mu seach, fhad 's a bha ise ag atharrachadh nan còrdan dhaibh. Nuair a thàinig crìoch air an t-seinn chuidich i a màthair a' toirt a-mach uighean beaga seoclaid à basgaid air a sgeadachadh le ribeanan sgàrlaid agus nuair a sheirm an glag aig leth-uair an dèidh dhà, leig iad uile èigh toileachais asta.

'Hip, hip, hooray!'

Chuidich i a-rithist le bhith a' cur nan còtaichean air a' chloinn is a' dùnadh phutanan.

'Càisg shona, Sandie! Càisg shona!'

Chuala i na guthan binne, pàisteil a' tighinn thuice thairis air an raon-cluiche, is a' fàs na bu shèimhe gus an deach a' chlann uile a-mach à sealladh suas an rathad.

Nuair a chaidh i air ais dhan chàr, a giotàr na làimh, chuimhnich i gun robh dealbhan Disney World fhathast aig an taigh.

'Na gabh dragh,' thuirt a màthair, 'cha robh feum orra – chòrd an t-seinn riutha cho mòr.'

Cha tuirt iad mòran fhad 's a bha i a' dràibheadh dhachaigh ach nuair a dhlùthaich iad air an t-seann chladh, faisg air ceann an rathaid, gu h-obann thuirt a màthair rithe, 'Chan fhaca tu a' chlach-chuimhneachaidh fhathast, Sandie...'

'Chan fhaca,' thuirt Sandie, gu sèimh, a' crathadh a cinn.

Gun ghuth, stiùir i an càr gu mall do gheata a' chladha far nach robh ach rùm airson càr beag a pharcadh.

'Tha cuimhn' agad far a bheil an t-àite?' Bha a màthair a' feuchainn ri a guth a chumail aotrom agus nàdarra.

Ghnog Sandie a ceann agus thàinig i a-mach às a' chàr gu slaodach. Chuir i a suidheachan air adhart agus shìn i a-mach a làmh don chùl far an robh na flùraichean pinc nan laighe air an làr, beagan air am milleadh agus a' tòiseachadh ri seargadh.

'Cha bhi mi fada,' thuirt i.

A' giùlain nam flùraichean gu cùramach air eagal 's gun dèanadh i cron na bu mhotha orra, choisich i tron gheata. Tharraing i anail dhomhain fhada, agus choisich i gu dìreach air adhart 's dealbh na h-inntinn de phlèana – àrd anns an speur mhòr fharsaing, 's i fhathast a' feitheamh airson cead tighinn a-nuas chun a' phuirt-adhair.

    Cha robh smuain aice mu na flùraichean beaga pinca a bha a-nis air am pronnadh na dòrn gus an do chuir i gu cùramach iad aig bonn clach-chuimhneachaidh Mhàrtainn. Sheas i treiseag an sin, a ceann crom, a sùilean làn deòir.

    An uair sin chaidh i air ais dhan chàr far an robh a màthair a' feitheamh oirre agus far an robh lusan a' chrom-chinn fhathast a' dannsadh gu treun ri taobh a' bhalla.

13

A' Bruidhinn ri Strainnsearan

'SIUTHAD! THALLA 's faigh peile guail bhon t-seada!' B' e Mamaidh a bha sin 's i ag iarraidh orm cuideachadh a thoirt dhi, agus bha mi deònach gu leòr ged a bha an seann pheile cho trom is a' fàgail mo ghàirdeanan goirt is sgìth. Bha an dithis againn a' fuireach anns a' bhothan ghrinn ud air oir a' bhaile bhig, mu choinneimh togalaichean tuathanais Seth Carruthers, far an robh sinn a' cumail a' ghuail againn anns an t-seada mhòr. Bha dorsan dùbailte air beulaibh an t-seada agus nuair a chaidh am fosgladh bha solas an là a' dòrtadh a-steach is a' deàlradh air a' chnap mhòr ghleansach guail na bhroinn. Bha doras eile ann cuideachd – doras beag, cumhang, leth-fhalaichte aig cùl an t-seada far am faodadh tu dol a-mach agus a-steach don tuathanas fhèin ach nuair a bha na dorsan uile air an dùnadh bhiodh e gu math dorcha, oir cha robh dealan idir ann.

Feumaidh mi aideachadh nach b' ann dìreach airson a bhith cuideachail do mo mhàthair a bha mi cho deònach a dhol tarsainn an rathaid don tuathanas. Aig cùl an t-seada, far an robh an doras beag, cumhang, bha àite air leth, air a chuairteachadh le feansa beag fiodha far an robh Seth Carruthers a' cumail laogh. An toiseach, cha robh mi buileach cinnteach carson a bha e a' dèanamh sin – nach biodh e cianail aonranach dha 's e cho fad air falbh bho a mhàthair? Ach a h-uile turas a rachainn ann, thigeadh e a-steach orm gun robh e toilichte gu leòr 's e na laighe gu seasgair am measg a' chonnlaich air taobh thall an fheansa, a' coimhead suas orm le sùilean mòra, neoichiontach ann an solas an là a bha a' deàrrsadh a-steach tro na dorsan mòra fosgailte.

Uaireannan, nuair a dheidhinn a-steach bhiodh Seth fhèin ann cuideachd a' toirt biadh don laogh à bucaid. Bhiodh an creutair beag na sheasamh gu cugallach, drùdhagan bainne air a smeagaid is fàileadh làidir todhair is connlaich thais anns an èadhar. Uaireannan eile bhiodh Seth a' sgaoileadh connlach ùr air an làr no a' toirt às an stuth salach ach cha bhithinn cinnteach uair sam bith am biodh e ann oir bhiodh esan daonnan a' cleachdadh an dorais bhig eile.

B' e duine dùr a bh' ann an Seth Carruthers is b' ann fìor ainneamh a bhiodh e a' bruidhinn riut nan tachradh tu ris air an rathad ach, anns an t-seada làimhsicheadh e an laogh gu socair, sèimh fhad 's a bhiodh e a' toirt gàire beag, cam dhòmhsa. Daoine deusant gu leòr a bh' anns na Carruthers – Seth 's a mhàthair is am bodach crùbach bochd, glacte na leabaidh le tinneas uabhasach, neo-aithnichte. Bhiodh Seth fhèin daonnan gu math trang mu thimcheall an àite le chuid sprèidh no anns na h-achaidhean. Corra uair bhiodh cuideigin às a' bhaile a' tighinn ga chuideachadh ach bha neach-cuideachaidh cunbhalach aige cuideachd oir bhiodh Josh Harley a' tighinn gach feasgar is deireadh-sheachdain airson taic a thoirt dha.

Bha Josh air tòiseachadh anns an Junior Secondary

a' bhliadhna ud agus mar sin bha e aig an aois airson obair cheart a bhith aige. Nuair a rachainn fhèin suas dhan Sgoil Mhòir an ath-bhliadhna bha mi an dòchas gum biodh obair agamsa cuideachd a' frithealadh an luchd-turais anns a' chafaidh shìos aig a' chidhe, a' toirt teatha no cofaidh is bèicearachd dhaibh. Bhiodh am baile loma-làn luchd-turais as t-samhradh, len guthan àrda is blas na Beurla orra. Daoine le airgead gu leòr airson a chosg anns na cafaidhean no na taighean-seinnse agus, a rèir choltais, a bha a' fàgail buinn-boise fhialaidh às an dèidh. Bha clann a' bhaile uile gu math cleachdte ris na strainnsearan a thàinig gach samhradh, agus nuair a thug an Tidsear rabhadh dhuinn mu bhith a' bruidhinn ri daoine air nach robh sinn eòlach cha robh mi a' toirt mòran aire, oir tron t-samhradh bha e duilich an seachnadh.

Co-dhiù, bha rudan na bu chudromaiche buileach na strainnsearan air m' inntinn aig an àm sin oir bha leannan dìomhair agam agus b' e Josh Harley a bh' ann. Uill, bha e daonnan ag innse dhomh gur e an leannan agam agus bha mi cinnteach gum b' e an fhìrinn a bha sin, oir nach e bha math air sùil choibhneil a chumail orm agus nach robh e ag ràdh gun robh gaol aige orm cuideachd? Nuair a bha e fhathast anns an sgoil bhig bhiodh e gam dhìon bho na burraidhean a bha cho mosach rium 's iad a' magadh air an stad a bha nam chainnt, no an sloinneadh annasach agam. Às dèidh sin, uair sam bith a bhiodh sinn a' coinneachadh air an rathad don tuathanas bhiodh sinn a' coiseachd còmhla a' cabadaich is a' gàireachdaich le chèile. Oh, 's e bha eireachdail cuideachd – cho àrd is cho dìreach ri craobh challtainn agus fhalt dualach òr-dhonn. Bha aghaidh mhaoth, mhìn aige agus, air sgàth a bhith ag obair aig an fheur tro sheachdainean an t-samhraidh, bha an aon dath òr-dhonn air a chraiceann cuideachd.

Agus, gu cinnteach, bhiodh e gam phògadh. Nach e sin a bhios leannan a' dèanamh? Gu tric bhiodh sinn a' pògadh gu dìomhair anns an t-sabhal no aig bonn àradh lobhta an fheòir 's sinn air falach a-mach à sealladh. Bha pògan ciùin, milis aige is blas flùraichean an t-samhraidh orra.

'Och, a shìorraidh, nach sguir thu dhe do chuid bhruaidearachd is thalla a-null don t-seada gun dàil!'

Chaidh mi gu mall tarsainn an rathaid, am peile a' luasganaich na mo làimh. B' e là fuar a bh' ann, blasad reòthte air an èadhar is gaoth na mara a' sèideadh mu m' adhbrannan. Nach buidhe don laogh bheag a bhith na thàmh anns an dorchadas am measg a' chonnlaich thioraim, sheasgair!

Chuir mi sìos am peile ri taobh dorsan mòra an t-seada, 's mi a' strì leis a' bholt a bha gan cumail dùinte. Mu dheireadh thall dh'fhosgail iad ach ghabh a' ghaoth grèim orra, gam bualadh air ais ris a' bhalla le brag cruaidh làidir. Dhòirt solas fuar a' gheamhraidh a-steach agus gu h-obann chuala mi guthan agus fuaim chasan a' siosarnaich a-measg a' chonnlaich air taobh thall an fheansa fhiodh.

Fhad 's a bha mi fhathast nam sheasamh air an stairsnich chunnaic mi gun robh an laogh air a chasan, coltas iomagaineach air is eagal na shùilean. Bha Seth Carruthers na sheasamh gu math faisg air, is a chùl rium agus bha Josh letheach-slighe tron doras bheag, chumhang aig cùlaibh an t-seada. Bha e ann an cabhag faighinn a-mach cho luath 's a b' urrainn dha ach bha e duilich dha oir bha e a' feuchainn ri spaidhir a bhriogais a dhùnadh. Chunnaic mi gun robh cùl amhaich a' sìor-ruadhadh.

'Chuir thu iongnadh air do leannan, a' tighinn a-steach mar sin!' Rinn Seth gàireachdaich bheag neònach. 'Esan a' feuchainn ri a mhùn a dhèanamh, is leadaidh bheag mar thu fhèin a' tighinn...'

Dh'fhàs mo ghruaidhean blàth agus thàinig an stad nam chainnt, 'Oh nach mi tha d... d... d...d... d...'

Rinn e gàire a-rithist, 'Ach, coma leat! Thig thusa an seo a-nis agus bheir clàpran dhan an laogh fhad 's a tha mi a' faighinn a chuid bìdh.'

Gu slaodach, chaidh mi a-null don fheansa. Mhothaich mi gun robh Seth a' feitheamh is e a' coimhead orm le solas àraid, ùr na shùilean.

'Nach tu tha a' fàs nad chaileag mhòr – 's beag an t-iongnadh gu bheil nòisean aig Josh dhut!'

Thàinig e dlùth, a' coimhead gu dealasach orm, 'Thig an seo uair sam bith a thogras tu ma tha thu 'g iarradh an laogh fhaicinn. Dh'fhaodadh tu cuideachadh ga bhiadhadh no...' agus stad e airson tiotan, anail teth air m' aodann, ''s dòcha gum bu toil leat tighinn thairis air an fheansa an-dràsta?'

Chan eil mi cinnteach am b' e rudeigin na ghuth a bh' ann, no an coltas a bha air tighinn air aodann no gun robh mi air mo ruadh-nàireachadh le na bha air tachairt le Josh ach thòisich mi ri coiseachd air ais gu slaodach, a' tuisleadh air na cnapan guail mu mo chasan. Nuair a ràinig mi an doras, thionndaidh mi agus ruith mi air falbh gun stad.

Agus fhad 's a bha mi a' teicheadh dhachaigh, dorsan an t-seada fhathast a' luasganadh air mo chùlaibh, cha robh air m' inntinn ach mionnachadh Seth Carruthers agus anail theth, ghrànda air m' aghaidh.

Nuair a ràinig mi às aonais a' pheile, dh'fhaighnich

Mamaidh dhomh dè bha air tachairt. Mar sin, dh'innis mi mu na thachair le Josh anns an t-seada agus dè cho tàmailteach 's a bha e ach cha do dh'innis mi idir mu Seth oir cha robh mi a' dèanamh ciall dheth agus cha b' urrainn dhomh na briathran ceart fhaighinn airson a mhìneachadh na bu mhotha.

Dh'èist i rium gu dlùth ach cha tuirt i facal agus an uair sin chaidh i fhèin a-null don t-seada airson am peile fhaighinn.

Nas fhaide air adhart thuirt i rium nach robh e uabhasach ciallach a bhith a' dol a-steach do thogalaichean tuathanais air eagal gum biodh fir a' dèanamh an gnothaich annta. 'Tuigidh tu gu bheil a leithid de rud a' tachairt air tuathanasan… uaireannan cha bhi fir a' bodraigeadh a' dol a-steach don toileat.'

Bha i a' coimhead orm gu faiceallach, 'Mar sin, tha mi a' creidsinn gum biodh e na b' fheàrr nan robh mi fhèin a' dol don t-seada a-nis, no, 's dòcha gu faigh sinn àite eile airson an gual a ghleidheadh.'

Chaidh là no dhà seachad mus do chuir mi sùil air Josh a-rithist. Bha mi a' dol seachad air an tuathanas air an t-slighe dhachaigh bhon sgoil nuair a chunnaic mi e na sheasamh ri taobh doras an t-sabhail.

'Thig an seo!' thuirt e os ìosal, agus ged a bha mi a' faireachdainn na nàire a' sguabadh orm a-rithist chaidh mi null thuige 's mo chridhe ri bualadh gu luath.

'Oh, Josh, tha mi cho d… d… d… d duilich mu na thachair…cha robh fios agam idir gum biodh sibh anns an t-seada!'

'Coma leat sin!'

Ghabh e grèim air mo ghàirdean, gam shlaodadh a-steach

don t-sabhal agus cha robh gàire air a-nis, 'Thoir dhomh pòg!' Chuir e a ghàirdeanan mum thimcheall agus thug e pòg dhomh a bha cruaidh is goirt. Thàinig faireachdainn orm gun robh mi air mo phògadh le cnàmhan cruaidh claiginn 's e a' greimeachadh orm cho teann 's gun robh eagal orm gun rachadh mo mhùchadh. Thòisich mi ri strì, 's mi làn eagail.

'Leig às mi!'

Gu h-obann dh'fhuasgail e a ghrèim orm agus, gu socair, ghabh e mo dhà làmh.

'Na biodh eagal ort, a ghràidh, is mi fhathast do leannan agus tha fhathast gaol agam ort... ach an toir thu geall dhomh? Geall gu math cudromach?'

Ghnog mi mo cheann, gun facal oir cha robh mi idir a' tuigsinn an t-solais fhiadhaich a bha air nochdadh na shùilean ciùin agus am blasad cruaidh a bha air tighinn air a ghuth.

'Èist rium, na bi bruidhinn ri Seth Carruthers – àm sam bith. Na can facal ris!'

'Ach c..c..carson?'

'Na bi faighneachd. Dèan e. Dìreach mar a tha mi ag iarraidh ort. Oir, mura dèan, cha bhruidhinn mise riut a-rithist agus cha bhi mi nad leannan gu bràth, tuilleadh. A bheil thu gam thuigsinn?'

Cha robh mi a' tuigsinn idir ach ghnog mi mo cheann, is an uair sin dh'fhaighnich mi a-rithist, 'Ach Josh... c... c... carson?'

'Na bi faighneachd. Chan eil mi a' dol a dh'innse agus chan fheum fios a bhith agad. A-niste tha thu air do gheall a thoirt dhomh – na bris e, agus cuimhnich, na bi bruidhinn ri Seth gu bràth, tuilleadh!'

Leig e às mo làmhan agus chlàpranaich e mo ghualann.

'Och, a ghràidh,' thuirt e, 'chuir mi eagal ort.'

Rinn mi fiamh-ghàire ris, a' smaoineachadh cho coibhneil is eireachdail 's a bha e. Thòisich an t-eagal is an nàire ri falbh, beag air bheag, oir b' ann glè ainneamh a bhithinn a' coinneachadh ri Seth co-dhiù. Agus fhad 's a bha mi a' coiseachd air ais don taigh, chuala mi guth sèimh Josh air mo chùlaibh, 'Cuimhnich gu bheil mi fhathast ann an gaol leat!'

An ath thuras a bha gual a dhìth oirnn b' e Mamaidh a chaidh tarsinn an rathaid leis a' pheile agus nuair a thill i thuirt i rium gu h-aotrom nach robh duine sam bith a' dèanamh a mhùin anns an t-seada agus gun robh an laogh air falbh.

14

Aig Deireadh an t-Samhraidh

OH NACH I bha fhathast brèagha! Bha Ginny làn-chumadail, dath na meala air a craiceann is a gruag dhualach bhàn a' tuiteam mu a guailnean. Ghabh i ceum tarsainn air an stèidse, a sùilean gorma a' deàrrsadh gu soilleir 's i a' gluasad gu grinn is gu snasail mar a b' àbhaist dhi – agus mar a dh'ionnsaich i o chionn fhada.

Chitheadh i cuid de aodannan an luchd-èisteachd a-nis far an robh solais na stèidse gan lasadh suas. Cha b' urrainn dhi càch fhaicinn ge-tà oir bha an taigh-cluiche ann an dorchadas ach anns na bogsaichean-suidhe air gach taobh fhuair i sùil aithghearr air na mnathan uasal ann an dreasaichean spaideil, seudan a' priobadh 's a' deàlradh agus na fir uasal ann an deiseachan foirmeil rin taobh.

Thog Ginny a gàirdeanan, a' cur fàilte bhlàth orra uile is an uair sin rinn i gluasad beag airson solas a thuiteam air an dreasa aice. Bha e fada gus an làr, teann is ìosal aig a' bhroilleach agus còmhdaichte le grìogagan beaga drillseach. An uair sin thuit sàmhchair agus ghnog i a ceann ri Eideard a bha na shuidhe gu foighidneach aig a' phiàna, deiseil airson tòiseachadh air an t-seann òran 'Vilia', nuair a bheireadh i an comharra dha. Bhean a làmhan ri meuran a' phiàna agus dh'èirich sreath phongan aotrom, beothail. Rinn Ginny fiamh-ghàire mhàlda ris an luchd-èisteachd, gan tarraing a-steach dhan t-seun aice is, an uair sin, thòisich i ri seinn,

'There once was a Vilia, the witch of the wood...'

Dh'èirich guth binn Ginny, a' lìonadh an taighe-cluiche le fuaim soilleir, sunndach 's i a' seinn nam pongan àrda cho socair is cho sgileil nach do mhothaich duine gun robh dìth neirt agus beagan crith orra.

Fhad 's a bha i a' seinn, chaidh an luchd-èisteachd a-mach às a sealladh 's cha robh na ceann a-nis ach an t-òran agus an t-seann sgeul ach, às dèidh gach rann dh'fhaodadh i an guthan a chluinntinn 's iad a' togail an fhuinn còmhla rithe,

'Vilia, oh Vilia, the witch of the wood...'

Nuair a ràinig i an loidhne mu dheireadh, chrìon fuaim nan guthan air falbh agus sheinn Ginny am pong as àirde na h-aonar – cho aotrom ri iteig agus thàinig sàmhchair dhomhainn theann fhad 's a chuir i crìoch air a' chòda, *'I'll die for you, I'll die... for... you.'*

Chùm i grèim air a' phong mu dheireadh cho fad 's a b' urrainn dhi. Nuair a chuir Eideard crìoch air na còrdan deireannach chrom i chun an làir a' dèanamh curtsaidh mòr, leathann is sgiorta a dreasa rìomhach a sìneadh a-mach mu thimcheall oirre. Mar aon, dh'èirich an luchd-èisteachd às na suidheachanan a' bualadh am basan gun stad is a' guidhe tuilleadh.

Agus bha coltas ann gun robh a h-uile rud air a bhith cho fìor 's a ghabhadh agus gun do thachair e dìreach mar a thachair anns na làithean a dh'fhalbh. An taigh-cluich, fuaim an luchd-èisteachd, an curtsaidh mòr, am bualadh-bas. Bha i air fiù 's blàths nan solas-stèidse fhaireachdainn air a h-aodann. Anns na seann làithean, nuair a b' i prìomh sopràno na companaidh, bhiodh flùraichean a' feitheamh oirre anns an t-seòmar-sgeadachaidh – lilidhean geala agus ròsan dorcha dearga. Bhiodh cairtean is litrichean air uachdar a' bhùird-sgeadachaidh làn molaidh is meas, agus aig deireadh chùisean air an oidhche mu dheireadh bhiodh pàrtaidh mòr air an stèidse le champagne is òraidean aoibhneach is a h-uile duine a' togail deoch-slàinte rithe…

A-nis, aig deireadh an òrain agus fuaim an luchd-èisteachd fhathast a' lìonadh a cluasan, bha Ginny mothachail mu thràth gun robh na làithean sin air falbh agus thill i gu clis gus an là an-diugh. An àite a' churtsaidh mhòir, rinn i cromadh-cinn beag do na seann daoine a bha nan suidhe mun cuairt oirre anns an t-seòmar-suidhe. Thàinig am moladh bhuapa gu nàdarra agus gu dìoghrasach.

'Dìreach àlainn, 'eudail!'

'Sgoinneil!'

''S math thu fhèin!'

Ach bha feadhainn ann cuideachd nach tuirt facal, 's iad a' coimhead gu h-iomagaineach mun cuairt orra le sùilean falamh, a' suidhe gu h-an-fhoiseil nan cathraichean a' fideiseach len cuid-aodaich. Bha cailleach bheag ann an càrdagan pinc mì-sgiobalta, a h-òrdagan a' gluasad gun stad mu na putanan is na deòir a' sileadh sìos a gruaidhean seargte. Anns an oisean bha bodach is coltas fiadhaich air 's e a' dèanamh dranndan is ga luasgadh fhèin anns a' chathair, a-null is a-nall.

Thionndaidh Ginny gu Eddie gus taing a thoirt dha airson a thaic air a' phiàna. B' e ionnsramaid gu math robach is cugallach a bh' ann agus bha làraich iomadach cupa tì air smalan fhàgail air. Cha robh e ann an gleus na bu mhotha agus bha meur no dhà a dhìth cuideachd ach bha Eddie cho sgileil air gleusan atharrachadh nach biodh sin a' cur dragh sam bith air. Co-dhiù bha e air a bhith a' cluich airson a' Chonsairt Partaidh ùine mhòr a-nis agus bha e air fàs cleachdte ri iomadh seòrsa suidheachaidh – dìreach mar Ginny fhèin. Mar sin, cho luath 's a nochd iad le chèile air beulaibh an luchd-èisteachd, bha an t-seann draoidheachd air tilleadh agus ag obair a cheart cho math 's a dh'obraich i o chionn fhada.

Cha robh Ginny is Eddie nan aonar anns a' Chonsairt Partaidh agus chaidh Ginny a shuidhe aig taobh an t-seòmair fhad 's a sheinn an fheadhainn eile. Ghabh càch measgachadh snog de dh'òrain aotrom Albannach is pìosan às na musicals is an uair sin bha beagan bàrdachd èibhinn is fuinn aighearach air a' bhogsa. Air crìoch a chur air a' phrògram, thill Ginny agus sheas i dlùth ri Eddie aig a' phiàna, 's iad a' gabhail seann òrain gaoil ri chèile. Aig an deireadh, dh'èirich Eddie agus sheas e ri a taobh. Ged a bha e cho beag is nach robh a cheann ach a' ruighinn àirde a guailne chuir e a ghàirdean mu a meadhan agus thug e pòg aithghearrach dhi air a gruaidh. Bha e air fàs maol thairis air na bliadhnaichean agus cha robh ach criomagan fuilt liath air fhàgail mu a chluasan ach bha faireachdainn bhlàth, chofhurtail air a ghàirdean agus ghabh Ginny grèim air a làimh. Thàinig an Consairt Partaidh uile is sheas iad rin taobh a' cromadh an cinn is a' smèideadh dhan luchd-èisteachd a bha a-nis a' bualadh am basan gu sunndach is gu modhail.

Sheall Ginny air na h-aodannan air a beulaibh, a' mhòrchuid a-nis air an lasadh le gàire is sonas ach mhothaich i cuideachd an fheadhainn riaslach, anacrach nam measg, aig an robh sùilean brònach no sùilean gun deò. Anns an oisean bha am bodach fhathast a' turraman a-null 's a-nall fhad 's a bha deòir na cailliche bige a' sìor-thuiteam gun fhuaim sìos a gruaidhean.

Thug neach-taic taing dhaibh airson tighinn don taigh-cùraim agus airson an tàlantan uile. An uair sin nochd troilidh mheatailt mhòr le tì is truinnsearan bhriosgaidean agus chuir na seann daoine fàilte air a bha cheart cho cridheil ris na thug iad air a' Chonsairt Pàrtaidh fhèin. Ràinig tuilleadh luchd-cuideachaidh airson taic a thoirt leis na deochan is na briosgaidean agus chaidh am bodach a threòrachadh a-mach às an t-seòmar, 's e fhathast a' dranndanaich is a cheann fhathast a' gnogadh. Bha a' chailleach bheag a' cagair gu cabhagach ri neach-taice, a corragan cnàmhach a' greimeachadh a ghàirdein mar spuirean eòin bhig bhìodaich.

Thòisich an Consairt Pàrtaidh ri deisealachadh airson falbh, a' cruinneachadh an còtaichean is an ciùil is a' diùltadh na tì. Fhad 's a bha iad a' gàireachdaich agus a' smèideadh ris an luchd-èisteachd, bhean neach-taice ri gàirdean Ginny gu socair agus threòraich e i tarsainn an t-seòmair don àite far an robh a' chailleach bheag na suidhe. Bha na deòir nan laighe air a gruaidhean liorcach ach bha solas ùr na sùilean. Solas deàlrach, dìreach.

'A-niste, Nan, dè bha agad ri ràdh ris an leadaidh seo?'

Bha guth an neach-taice brosnachail is coibhneil. Chaidh Ginny air a glùinean ri taobh Nan a bha a-nis a' beantainn ri a muinichill.

'Trobhad an seo.'

Bha a guth lag 's cha robh ann ach cagar fann. Chrom Ginny a ceann rithe, a' feuchainn ri grèim fhaighinn air na

faclan a bha a' flodraigeadh gu sàmhach eatorra.
'B' àbhaist... dhòmhsa... b' àbhaist... dhòmhsa... 'Vilia'... a sheinn. Taigh-cluiche na Banrigh... Orpheus Club...'
Chrìon a guth air falbh mar shiosarnaich duilleagan tioram an fhoghair. Chrom Ginny na bu dlùithe ri Nan agus thug i pòg dhi air a gruaidh.

'Dh'aithnich mi gur e seinneadair a bh' annad, gun teagamh!' thuirt i, '...is coltas fìor bhana-chleasaiche ort cuideachd!'

Chuir i a gàirdean mu thimcheall guailnean na cailliche bige agus sheinn i sèist an òrain a-rithist, gu ciùin is gu sàmhach, *'Vilia, oh Vilia, the witch of the wood...'*

Thàinig sìth air aodann Nan. An uair sin phaisg i a làmhan cabhagach an-fhoiseil na h-uchd.

Nuair a dh'fhàg Ginny an seòmar bha a h-uile duine nan suidhe ag òl tì is a' cagnadh bhriosgaidean, cuid dhiubh a' cabadaich ri chèile gu dòigheil is cuid eile nan tost ach bha Nan a' coimhead às a dèidh le sùilean beothail, gleansach.

Chaidh Eddie is Ginny dhachaigh còmhla air a' bhus oir cha robh airgead gu leòr aca a-nis airson càr. Nuair a ràinig iad am flat beag, lìon Eddie amar dhi agus chaidh fàileadh cùbhraidh ola jasmine tro na seòmraichean uile. Thug Ginny dhith a h-aodach anns an t-seòmar-cadail bheag, chumhang agus dh'fhosgail i am preasa far an d' fhuair i sealladh dhi fhèin anns an sgàthan fhada air cùl an dorais. Boireannach na meadhan-aois is a bòidhchead a' tòiseachadh ri crìonadh mar bhileagan ròis aig deireadh an t-samhraidh, ged a bha fhathast lainnir bheag na sùilean agus air na grìogagan deàlrach mu amhach an dreasa phlèana ghuirm a' laighe air an ùrlar.

Nuair a nochd Eddie aig an doras bha i fhathast a' coimhead oirre fhèin.

'Deiseil airson glainne fhìona, a ghràidh? Tha e a' feitheamh oirnn ri taobh an amair cho luath 's a tha thu deiseil...'

Gun facal, ghnog Ginny a ceann, is a sùilean làn dheòir. Thàinig Eddie a-steach gun dàil is ghabh e i na ghàirdeanan, ''S tu bha mìorbhaileach feasgar an-diugh, Princess – dìreach mar bu dual dhut!'

Agus ged a bha a sùilean fhathast làn, rinn i gàire ris an duine bheag agus thuirt i, 'Oh, 's tu am breugaire, Eddie! Ach càit am bithinn-sa as d' aonais?'

Chrom i a ceann agus chuir i pòg bheag shèimh air a cheann mhaol. An uair sin chaidh i dhan t-seòmar-ionnlaid far an robh an t-uisge cùbhraidh blàth a' feitheamh is dà ghlainne fhìona air an sgeilp ri taobh an amair. Bhiodh Eddie còmhla rithe ann am mòmaid ach bha rudan eile aige ri dhèanamh anns an t-seòmar-cadail mus tigeadh e. Nuair a dh'fhàs na làithean na b' fhuaire bhiodh e a' cur air a' phlangaid-eileagtraig anns an leabaidh mhòir dhùbailte ach cha robh feum air a leithid an-dràsta oir cha robh am foghar fiù 's air tighinn fhathast.

Bhiodh e a' dùnadh nan cùrtairean ge-tà, oir bha flataichean eile mun cuairt far am b' urrainn do na nàbaidhean coimhead a-steach agus faicinn dè bha tachairt às dèidh amar càirdeil blàth agus glainne fhìona.

Luath foillsichearan earranta

le rùn leabhraichean as d'fhiach a leughadh fhoillseachadh

Thog na foillsichearan Luath an t-ainm aca o Raibeart Burns, aig an robh cuilean beag dom b' ainm Luath. Aig banais, thachair gun do thuit Jean Armour tarsainn a' chuilein bhig, agus thug sin adhbhar do Raibeart bruidhinn ris a' bhoireannach a phòs e an ceann ùine. Nach iomadh doras a tha steach do ghaol! Bha Burns fhèin mothachail gum b' e Luath cuideachd an t-ainm a bh' air a' chù aig Cù Chulainn anns na dàin aig Oisean. Chaidh na foillsichearan Luath a stèidheachadh an toiseach ann an 1981 ann an sgìre Bhurns, agus tha iad a nis stèidhichte air a' Mhìle Rìoghail an Dùn Èideann, beagan shlatan shuas on togalach far an do dh'fhuirich Burns a' chiad turas a thàinig e dhan bhaile mhòr.

Tha Luath a' foillseachadh leabhraichean a tha ùidheil, tarraingeach agus tlachdmhor. Tha na leabhraichean againn anns a' mhòr-chuid dhe na bùitean am Breatainn, na Stàitean Aonaichte, Canada, Astràilia, Sealan Nuadh, agus tron Roinn Eòrpa – 's mura bheil iad aca air na sgeilpichean thèid aca an òrdachadh dhut. Airson leabhraichean fhaighinn dìreach bhuainn fhìn, cuiribh seic, òrdugh-puist, òrdugh-airgid-eadar-nàiseanta neo fiosrachadh cairt-creideis (àireamh, seòladh, ceann-latha) thugainn aig an t-seòladh gu h-ìseal. Feuch gun cuir sibh a' chosgais son postachd is cèiseachd mar a leanas: An Rìoghachd Aonaichte – £1.00 gach seòladh; postachd àbhaisteach a-null thairis – £2.50 gach seòladh; postachd adhair a-null thairis – £3.50 son a' chiad leabhar gu gach seòladh agus £1.00 airson gach leabhar a bharrachd chun an aon t-seòlaidh. Mas e gibht a tha sibh a' toirt seachad bidh sinn glè thoilichte ur cairt neo ur teachdaireachd a chur cuide ris an leabhar an-asgaidh.

Luath foillsichearan earranta
543/2 Barraid a' Chaisteil
Am Mìle Rìoghail
Dùn Èideann EH1 2ND
Alba
Fòn: +44 (0)131 225 4326 (24 uair)
Post-dealain: sales@luath.co.uk
Làrach-lìn: www.luath.co.uk